Das Buch
Im Alter erzählt Ana, die nie von sich gesprochen hat, von ihrem Leben. Für ihren Sohn erzählt Ana die Geschichte einer Generation, deren Leben bereits als junge Menschen von den Schrecken des Bürgerkrieges und später von Angst, Entbehrung und Armut gezeichnet ist. Ana spricht von ihren im Bürgerkrieg zerstörten Jugendträumen, von der Angst um ihren Mann Tomás und ihren Schwager Antonio, als sie an der Front auf republikanischer Seite kämpfen, später gefoltert werden, von den Jahren, in denen Antonio, der Sozialist, zum Tode verurteilt im Gefängnis sitzt und sie ihn jede Woche besucht. Und Ana beschreibt die kurzen Momente des Glücks und der Liebe in der Familie. Ihre große Liebe ist Antonio, der zartbesaitete Künstler der Familie. Und er ist Anas größte Enttäuschung, denn Antonio verrät diese Liebe, indem er die Frau mit der schönen Schrift heiratet und in die besseren Kreise aufsteigt. »Die schöne Schrift maskiert die Lügen«, sagt ein Sprichwort. Ana sinnt nach über ihr Leben, manchmal wehmütig, aber nie sentimental.

Der Autor
Rafael Chirbes, geboren 1949 in Tabernes de Valldigna bei Valencia, studierte in Madrid und lebt heute als freier Publizist in Denia und in einem Dorf in der Estremadura. 1998 gelang ihm mit dem Roman *Der lange Marsch* auch in Deutschland der Durchbruch. Von Rafael Chirbes erscheint im Diana Verlag auch: *Der lange Marsch* (62/0077).

Rafael Chirbes
Die schöne Schrift

Roman

Aus dem Spanischen
von Dagmar Ploetz

DIANA VERLAG
München Zürich

Diana Taschenbuch Nr. 62/0138

Die Originalausgabe
»La buena letra«
erschien bei Editorial Debate, Madrid

Taschenbucherstausgabe 9/2000
Copyright © der deutschen Ausgabe:
Verlag Antje Kunstmann GmbH, München 1999
Der Diana Verlag ist ein Unternehmen der
Heyne Verlagsgruppe München
Printed in Germany 2000

Umschlaggestaltung: Hauptmann und Kampa
Werbeagentur, CH-Zug, unter Übernahme des Bildmotivs
vom Originalumschlag von Michael Keller
Satz: Schaber Satz- und Datentechnik, Wels
Druck und Bindung: Elsnerdruck, Berlin
Gedruckt auf chlor- und säurefreiem Papier

ISBN: 3-453-17148-9

http://www.heyne.de

Für meine Schatten

Heute war sie bei mir zum Essen und fragte mich beim Nachtisch, ob ich mich noch an die Nachmittage erinnern könne, wenn dein Vater und dein Onkel zum Fußball gingen und ich ihr eine Tasse Zichorie zubereitete. Ich dachte, ja, auch nach fünfzig Jahren tun mir diese Nachmittage immer noch weh. Ich habe mich von ihrer Traurigkeit nie befreien können.

Während die Männer sich ihre Jacketts anzogen und sich vor dem kleinen Spiegel in der Diele kämmten, klagte sie, weil sie nicht mitkommen durfte. Dein Onkel zwinkerte mir über die Schulter zu, wenn er zu ihr sagte: »Stell dir vor, was eine Frau unter so vielen Männern anrichten kann. Wir sind nicht in London, Schatz. Hier bleiben die Frauen zu Hause.« Und ihr schossen die Tränen in die Augen, voller Groll, für den sie uns, sobald sie es konnte, bezahlen ließ.

Sie hat immer eine ganz andere Vorstellung vom Leben gehabt als wir. Vielleicht hatte sie sich die in England angeeignet, bei der feinen Familie, bei der sie mehrere Jahre lebte. Von Anfang an sprach und benahm sie sich anders, fremd und ungewöhnlich. »Mein Leben« nannte sie deinen Onkel oder »mein Herz«, statt ihn mit seinem Namen anzureden. Heute erscheint das vielleicht normal, doch damals wirkte es extravagant. Er aber war froh, zeigen zu können, daß er eine Frau geheiratet hatte, die anders als die anderen war, ihn mit kleinen Schreien empfing oder sich, um ihn zu überraschen, hinter der Tür versteckte, wenn sie ihn kommen hörte. Beim Essen führte sie ihm, wie einem Kind, den Löffel zum Mund, und er schämte sich nicht, sie sogar öffentlich »Mama« zu nennen.

Sonntagnachmittags besuchte ich gerne meine Mutter und ging danach mit deiner Schwester ins Kino, doch seitdem sie aufgetaucht war, kam ich immer seltener dazu, mir diese Wünsche zu erfüllen. Sie wurde trübsinnig, wenn sie allein zu Hause blieb, und bat mich, ihr doch Gesellschaft zu leisten. Kino erschien ihr banal. »Wenn es ein Theaterstück wäre«, sagte sie, »oder ein gutes Konzert, aber Kino. Und dann all die Leute aus dem Dorf in diesem gräßlichen Saal.« Und, kurz darauf: »Bleiben Sie, bleiben Sie hier bei mir, wir leisten uns Gesellschaft und hören Radio.« Sie hat mich immer gesiezt, obwohl wir so jung und auch noch Schwägerinnen waren.

Ich mußte mir das Kino versagen, damit sie nicht allein zurückblieb und es später beim Abendessen keine bösen Gesichter gab. Das Quälendste an diesen Sonntagnachmittagen war, daß sie, hatte sie erstmal erreicht, daß ich blieb, so tat, als hätte sie mich, die ich neben ihr saß, vergessen. Statt sich ein wenig mit mir zu unterhalten, steckte sie die Nase in ein Buch und las, oder aber sie schlief ein.

Erst am späten Nachmittag erinnerte sie sich wieder an mich. Dann bat sie: »Warum brühen Sie nicht ein bißchen Zichorie auf und wir trinken beide ein Täßchen?« Nie sagte sie barmherzig wie wir anderen Kaffee; sie sagte Zichorie. Und wenn ich dieses Wort hörte, schwor ich mir, nicht noch einen Sonntagnachmittag bei ihr zu bleiben. Ich ertrank in Traurigkeit. Es war die Ahnung von etwas Unvermeidbarem, das uns so viel Schaden zufügen würde wie das Elend, der Krieg und der Tod.

Meinem Großvater machte es Spaß, mir einen Schrecken einzujagen. Immer wenn ich zu ihm nach Hause kam, versteckte er sich hinter der Tür mit einer Puppe, und wenn ich, die das Spiel kannte, fragte: »Wo ist Großvater?«, tauchte er plötzlich auf, stürzte sich mit der Puppe, die so groß war wie ich, auf mich und lachte, während er mich mit diesen Stoffhänden schlug, die ich so gräßlich fand. Er mochte es, wenn ich böse wurde und später dann auf seinem Schoß Schutz suchte. »Aber Großvater ist doch bei dir, Dummchen, was kann dir da schon passieren?« sagte er, und dann machte mir die auf einen Stuhl geworfene Puppe nicht mehr Angst. »Faß sie an, die tut doch nichts«, sagte er. »Sie ist aus Stoff.«

Er erzählte mir auch die Geschichte des Ehemanns, der aus der Truhe stieg, in der seine Frau, nachdem sie ihn zerstückelt und ihm die Leber herausgenommen, seine Reste versteckt hatte. Die Frau hatte die Leber gekocht und ihrem Liebhaber serviert, und der Tote kam, um sie sich zurückzuholen. Die Wirkung dieser Geschichte – ihre Spannung – lag in der Langsamkeit, mit der der Tote die Stufen, die zwischen der Bodenkammer und dem Eßzimmer lagen, herabkam. »Ana, jetzt verlasse ich die Kammer«, kündigte er an, und sodann: »Ana, ich bin schon auf dem Treppenabsatz«, »ich bin schon im ersten Stock«, »ich bin schon auf der achten Stufe«, »auf der siebten«, »auf der sechsten«.

Während mein Großvater mit seinen Worten den Leichnam uns näherkommen ließ, schaute ich zur Treppe hin und erwartete, daß er dort auftauchte, und schrie in großer Aufregung, weinte und bat, »nein, nein, er soll nicht weiter runterkommen«, konnte damit aber den Abstieg nicht aufhalten. Die Geschichte war erst zu Ende, wenn mein Großvater einen Schrei ausstieß, mir seine große Hand vors Gesicht hielt und sagte: »Ich bin schon da.« Ich schloß die Augen, schrie und zappelte in seinen Armen und hängte mich schließlich an seinen Hals, der warm war, und dann verließ mich die Angst, und ich spürte die Befriedigung, bei ihm zu sein.

Damals hatten wir noch kein elektrisches Licht, die Zimmer waren stets voller Schatten, die durch die Flamme der Petroleumlampe nur ihre Form und ihren Standort veränderten. Wenn meine Mutter, nachdem sie mich ins Bett gebracht hatte, aus dem Zimmer ging und die Petroleumlampe mitnahm, glitt das Mondlicht über die Wand, und vom Dach her war das Knarren des Rohrgeflechts zu hören. Ich schloß die Augen, verkroch mich unter dem Laken und bildete mir ein, diese Geräusche nicht zu hören. Doch ich verbrachte jene Nächte in Erwartung von etwas Entsetzlichem.

Einmal wurde ich in der Dunkelheit von einem Schatten entführt, er schleifte mich treppabwärts, und als wir auf die Straße kamen, der Schatten und ich, war dort eine große Aufregung, und die Leute schrien und liefen von einem Ort zum anderen. Die Flammen loderten bis zum Himmel, und alles war in Rauch gehüllt. Das Haus unserer Nachbarn brannte. Am nächsten Tag erfuhr ich, daß eines der Mädchen, die in dem Haus wohnten, umgekommen war. »Sie haben ein trockenes, verkrümmtes Stück Holz begraben«, hörte ich sagen, und dieses Bild von einem trockenen und verkrümmten Stück Holz und die Abwesenheit waren seitdem für mich das Sinnbild des Todes.

*L*etztes Jahr habe ich deiner Frau eine Garnitur Bettwäsche geschenkt, bestickt mit dem Namen deines Vaters und meinem eigenen. Sie hatte diese Wäsche schon immer bewundert und jedesmal, wenn sie vorbeikam, auf mich eingeredet, ich möge sie ihr doch geben. Vor einem Monat sagte sie mir nebenbei, daß sie die Bettücher in einem Koffer in der Abstellkammer des Landhauses deponiert hätte und daß sie dort stockig und unbrauchbar geworden seien. Du wirst es für albern halten, aber ich habe den ganzen Nachmittag geweint. Ich schaute mir die Fotos von deinem Vater und mir an und weinte. Den ganzen Nachmittag lang, vor der Schublade der Anrichte, in der ich die Fotos aufbewahre.

Ich trauerte um uns, um alles, was wir erhofft haben und wofür wir als junge Leute gekämpft haben, um die Lieder, die wir auswendig konnten und sangen, »Ojos verdes, verdes como el trigo verde« (Augen so grün wie der grüne Weizen), um die Momente, in denen wir lachten, und die Worte, die wir sagten, damit es den anderen warm ums Herz wurde; Trauer um die Tanzabende, um die weißen

Hemden, die ich für deinen Vater nähte, als wir noch nicht verheiratet waren; Trauer über meine Freundinnen und mich, die wir zusammenkamen, um uns gegenseitig das Haar so zu schneiden, wie die Filmschauspielerinnen es trugen. Die Filme waren noch stumm, und es gab einen blonden Pianisten, in den wir Mädchen allesamt verliebt waren. Uns gefiel es, seinen traurigen Rücken zu sehen, angestrahlt von dem Licht, das von der Leinwand auf ihn fiel. Er war nicht von hier, von Bovra. Ich weiß nicht, woher er kam, noch was aus ihm geworden ist. Alles sah so aus, als würde es ewig dauern, und alles ist schnell verflogen, ohne etwas zurückzulassen. Die Bettücher, die deiner Frau verdorben sind, habe ich in meiner Hochzeitsnacht benutzt.

Von unserer Hochzeit ist uns nicht einmal ein Foto geblieben. Dein Onkel Andrés, ein Vetter deines Vaters, von dem du sicher gehört hast, besaß eine Kamera und hatte das übernommen. Aber am Vorabend der Hochzeit ist dein Vater mit ihm und den Freunden losgezogen, Andrés hat sich betrunken und ist dann auf dem Heimweg gestürzt und hat sich einen Knöchel verstaucht. Am nächsten Morgen war sein Fuß derartig angeschwollen, daß er nicht zur Hochzeit kommen konnte. Er hat die Kamera deinem Onkel Antonio überlassen, der den ganzen Tag lang unentwegt knipste. Wir haben wie verrückt gelacht. Dein Vater hatte darauf bestanden, daß ich ein Gläschen Anis trank, und ich konnte einfach nicht ernst bleiben, sobald dein Onkel uns vor die Kamera stellte. »Der Schleier, nimm den Schleier vom Auge«, befahl dein Onkel. »Nur weil Sie jetzt eine Señora sind, brauchen Sie nicht gleich gar so ernst zu sein«, spottete er. Dabei wollte er mich nur zum Lachen bringen. Und dein Vater ebenso: »Nur zu, wir sehen doch aus wie Filmschauspieler.«

Tatsache ist, daß wir, als wir nach ein paar Tagen beim Labor die Filme abholen wollten, entdeckten, daß – nach all dem Theater, das dein Onkel Antonio gemacht hatte – kein einziges Foto etwas geworden war. Nur auf einem der Abzüge waren vage Schatten zu unterscheiden, die für jemanden, der bei der Feier gewesen war, halbwegs wiedererkennbar sein mochten. Ich habe dieses mißglückte Foto über Jahre aufbewahrt. »Wie aus dem Grab entwichene Geister sehen wir aus«, sagte dein Vater lachend.

Ein paar Tage nach seinem Tod mußte ich an diese Worte denken. Ich putzte die Schubladen der Anrichte und stieß dabei auf das Foto und dachte, daß all die Schatten, die über das alte Stück Pappe zu treiben schienen, mit Ausnahme meines eigenen, wirklich schon in einer anderen Welt lebten. Da habe ich das Foto verbrannt. Ich bin nicht abergläubisch, aber es war mir, als dürfte ich es nicht zerreißen, sondern müßte sie alle und auch mich etwas so Reinem und Rätselhaftem wie dem Feuer überantworten. Ich sah es brennen und dachte an deinen Onkel Antonio, der das Foto aufgenommen hatte und noch lebte. Er war auf der anderen Seite geblieben. Sein Schatten reinigte sich nicht im Feuer mit all den anderen, die auf dem Bild geblieben waren, als sie schon nicht mehr existierten. Die Worte deines Vaters. Ja, es waren Geister, die jedoch nie aus dem Grab entweichen würden.

Dein Vater war gerade gestorben, und ich wußte bereits, wie ich es jetzt weiß, daß ihn der Tod nicht getröstet hatte. Von deinen Großeltern lebte nur noch meine Mutter, die ebenfalls nicht auf dem Foto war, weil sie am Hochzeitstag Großmutter Maria in der Küche vertreten hatte. Nur ein paar Monate später war Tante Pepita, die Trauzeugin, verstorben. Sie hatte an dem Tag so wunderschön in dem Kleid ausgesehen, das wir beide gemeinsam genäht hatten. Angelines, Rosa Palau, Pedro, deine Großeltern, Inés und Ricardín, Marga, alle waren sie im Laufe der Jahre gestorben, die den Hochzeitstag von jenem auch schon fernen trennten, an dem ich das Foto verbrannte. Das sind überwiegend Namen, die dir nichts sagen und die du nur ab und an zu hören bekommen hast. Sie waren mein Leben. Menschen, die ich liebte. Und das Fehlen jedes einzelnen hat mich mit Leid erfüllt und mir Lust am Leben genommen.

*I*ch weiß eigentlich nicht, warum ich damit beginne, dir von ihr zu erzählen, um dann vom Tod zu sprechen: vom Vorher und Nachher ihrer Ankunft, als sei ihre Gegenwart das Gelenk, das beide Teile verbindet. Vielleicht nur, weil sich beim Sprechen die Erinnerung einstellt, eine kranke Erinnerung ohne Hoffnung.

Manchmal laufe ich durch Bovra und wechsle wieder und wieder die Richtung, um die Wegstrecke zu verlängern. Ich weiß, ich suche sie alle. Es ist, als verließe ich an solchen Nachmittagen mich selbst und begäbe mich zu einem Treffpunkt, zu dem auch sie, den Schleier ihrer stillen Schatten durchreißend, Zugang hätten, und als ob wir uns dort, an jenem Niemandsort, der allen gehört, Trost geben könnten.

Damit sie zurückkehren, spaziere ich stundenlang umher und suche die wenigen Bauten, die noch aus jenen Jahren stehengeblieben sind, und versuche mich an das Aussehen der Häuser zu erinnern, die inzwischen durch moderne Wohnblocks ersetzt worden sind, wie es auch bald meinem Haus ergehen wird. Ich spüre die Namen derer auf, die in den Häusern gewohnt haben, und bemühe mich herauszubekommen, ob ich sie je betreten habe und wie die Möbel aussahen, die Höfe, die Treppen und die Wände und Böden. Meine Mühe beschert mir nichts als Schatten auf einem verbrannten Foto.

Es gelingt mir nicht, die Lücken wieder zu schließen, welche die Zeit in die Stadt geschlagen hat. Ich laufe, bis es zu dunkeln beginnt, und dann schwäche ich das Licht der sinkenden Sonne noch ab und tauche die Stadt ins Halbdunkel, so wie sie meine Erinnerung an jene traurigen Jahre bewahrt, obwohl wir damals doch jung waren und die Jugend wie ein wohltätiger Balsam wirkte, der alles geschmeidig machte, die inneren Schreie dämpfte, sie oft verzerrte und in Gelächter umwandelte.

Wenn sie mich besuchen kommt, dann – und ich sag dir gleich, ich weiß nicht warum – brauche ich die Erinnerung an die Angst, vielleicht weil sie sauberer war. Diese Frau hat sie durch den Argwohn ersetzt. Nein, das ist keine Rache. Ich will nicht mit ihr abrechnen. Früher wollte ich es nicht oder wußte nicht wie, und jetzt ist es zu spät. Ich würde mich nur gerne selbst verstehen, sie alle verstehen, die nicht mehr da sind.

*D*aß die Angst rein oder sauber war? Weder der Tod noch die Angst sind sauber. In mir ist noch der Schmutz der Angst aus den drei Jahren, die dein Vater an der Front verbrachte und uns, deine Schwester und mich, allein in dieser Stadt zurückließ, die auf einmal gespensterhaft und nächtlich wie jetzt in meinen Erinnerungen wurde, und in der dich alle so ansahen, als wollten sie sagen, er kommt nicht zurück und es lohnt nicht, noch länger zu widerstehen. Die Verlassenheit. Spät, mitten in der Nacht, hörte man ein fernes Donnern. Dann wußten wir, Misent wird bombardiert. Und ich dachte an deine Tante Gloria und an Großmutter María, die noch dort waren, traute mich aber nicht, auf die Straße zu gehen. Ich öffnete das Schlafzimmerfenster halb und sah zum Himmel, an dem ein ferner Lichtschein aufblitzte. Ein Getöse war zu hören, dumpf, wie in einen Lumpen gewickelt, und dann setzte eine Stille ein, ähnlich der, die morgendlichen Schneefall begleitet.

Ich holte deine Schwester und zog sie an mich. Immer wenn das Bombardement einsetzte, hielten die Ratten inne, die über das Rohrgeflecht der

Decken liefen. Seitdem dein Vater weg war, war der Dachboden voller Ratten. Ich hatte Angst, sie könnten herunterkommen und die Kleine beißen. Ich hatte auch um mich Angst und schämte mich meiner Angst. Dein Vater hat sich immer über diese Angst lustig gemacht. Einmal, als du gerade erst anfingst zu laufen, hat er für dich eine Maus mit einer Spule gekauft, die unter den Stühlen herumsauste, wenn man den Faden löste. Du kamst in die Küche, hast die Maus laufen lassen und mit deiner halben Zunge »eine Atte, eine Atte« gerufen und aufgeregt gelacht. Manchmal, wenn ich beim Nähen war, bist du mir mit dem Mausekopf ins Gesicht gefahren und hast »Uuuhh« geschrien, und ich habe mich geekelt, wenn ich die Gummiohren und dieses Fell sah, das mich an echtes Rattenfell erinnerte.

*I*n einer jener Nächte ist er zurückgekehrt, schmutzig und unrasiert. Er roch schlecht und war sehr dünn, aber er war wieder da. Statt seiner hätte am frühen Morgen auch einer dieser Boten vorsichtig ans Fenster klopfen können, sie überbrachten die amtlichen Todesmeldungen von der Front. Diese Vorstellung ließ mich nicht los. Mit ihm kam Paco, ein Nachbar, von dem du wohl gehört, ihn aber nicht kennengelernt hast, weil er gestorben ist, als du noch ganz klein warst. Er wohnte in derselben Straße, traute sich aber nicht heim. Der Krieg stand kurz vor dem Ende, und sein Schwiegervater, ein Faschist, hätte ihn denunzieren können.

Sie aßen schweigend und gierig. Ich sah sie essen, und es war mir, als kenne ich sie nicht. Sie kauten geräuschvoll und waren wie zwei argwöhnische Tiere. Zwei Unbekannte.

Sie hielten sich auf dem Dachboden versteckt, bis ein paar Tage später durch den Lautsprecher der Stadtverwaltung verkündet wurde, die Falangisten seien eingerückt. »Jetzt kommt das Schlimmste«, sagte dein Vater. Eine Woche später haben dein Vater und Paco sich gestellt. Ein Weilchen standen sie noch auf dem Gehsteig, rauchten und unterhielten sich, und dann ging Paco nach Hause. Seine Frau hatte er schon heimlich gesehen, weil ich sie am Tag nach der Ankunft geholt hatte. Ohne mir etwas davon zu sagen, hatten die beiden Männer beschlossen, sich gemeinsam zu stellen. Nach einem Weilchen kam Paco zurück, dein Vater küßte mich und sagte: »Mir passiert nichts. Kümmer du dich darum, daß dir und der Kleinen nichts passiert.« Er wollte nicht, daß ich ihn begleitete: »Du bleibst schön ruhig daheim, bei der Kleinen.«

Gegen Abend erfuhr ich, daß Raimundo Mullor die Männer schlug, die sich stellten. Den ganzen Tag über waren die Schreie zu hören, sie drangen unter der Haupttreppe der Stadtverwaltung hervor, aus dem Raum, der jetzt von den Straßenfegern benutzt wird. In jener Nacht machte mich die Vorstellung, daß dein Vater von dem Widerling Raimundo Mullor zusammengeschlagen wurde, wütender als die, daß ihn ein Schuß im Schützengraben hätte töten können. Sauber. Das erschien mir sauberer. Ich war noch zu jung und wußte nicht, wie schmutzig der Tod ist. Ich begann das erst am nächsten Tag zu begreifen, als es hieß, sie hätten zehn Männer an der Friedhofsmauer erschossen.

Großmutter Luisa befahl mir, im Haus zu bleiben, aber ich hörte nicht auf sie. Ich wollte diese toten Männer sehen, und deine Schwester sollte sie auch sehen, auch wenn sie noch nicht begriff, was sie da sah. Als wir jedoch der Mauer näherkamen, waren meine Füße wie gelähmt. Ich hatte die Lust verloren, das zu sehen, und auch das Mädchen sollte es nicht sehen. Von weitem erkannten wir den Haufen blutiger Lumpen. Es war heiß, und Fliegen surrten über den Leichen. Bevor wir dort ankamen, schrie ich: »Er ist nicht dabei.« Ich hatte darauf bestanden, daß er sich die Hose des Hochzeitsanzugs anzog, und die hätte ich sofort erkannt. Er hatte protestiert, warum sollte er sich ein paar neue Hosen anziehen, und ich hatte ihm nicht sagen mögen, daß ich, für den Fall, daß ihm etwas zustieße, wollte, daß er das Beste trüge.

Ich heulte. »Aber Mädchen, er ist doch nicht dabei«, sagte deine Großmutter, während sie sich die Tränen trocknete. Eine Nachbarin kam dazu, fragte, ob jemand von der Familie unter den Erschossenen wäre, und deine Großmutter erklärte, nein. Aber ich weinte weiter.

Gerüchte von Erschießungen, die sich nicht in jedem Fall bestätigten, immer aber Schaden anrichteten. Im Bach tauchten Leichen auf, im Orangenhain, der ein Wasserbecken hatte, in dem du, als du klein warst, immer baden wolltest und wo du einmal fast ertrunken wärst; am Strand, in den Reisfeldern. Wir lernten die schmutzige Angst kennen.

Die Erschossenen waren nicht nur Männer aus Bovra. Auf der Suche nach Leichen kamen Frauen aus Gandía, Cullera, Tabernes. Das Wissen um den Tod heilte sie von der Angst. Laut und deutlich fragten sie an den Türen der Cafés nach dem Ort, wo am Morgen die Erschossenen gefunden worden waren, und die Männer drehten beschämt die Köpfe weg und spielten schweigend weiter Domino.

Wir Frauen machten uns auf den Weg, sobald man uns sagte, daß irgendwo jemand von unserer Familie gesehen worden sei. Es trieb uns fort, auch wenn die Nachricht unglaubwürdig erschien. Einige dieser Frauen, die loszogen, sind nie zurückgekehrt. Adela Benlloch starb in Burgos an einer Lungenentzündung. Rosa Palau, eine gute Freundin, wurde an einem Bahnübergang in der Nähe von La Roda vom Zug überfahren. Sie erfuhr nicht mehr, daß ihr Mann, den zu suchen sie aufgebrochen war, eine Woche zuvor nach Bovra heimgekehrt war. Auch nicht zurück kamen Pilar Palau (Rosas Schwester), Ángela Morena und eine Blonde, an deren Namen ich mich nicht erinnern kann, die aber mit mir in der Schneiderlehre war. Von Pilar hieß es, sie habe sich mit einem Falangisten aus Madrid eingelassen; und über Ángela, daß man sie Jahre später im Chinesenviertel von Barcelona gesehen habe. Rosa Palaus Mann bekam nach einigen Monaten, als er sich von dem Verlust zu erholen begann, die Tasche seiner Frau mit den Papieren und eine weiße, blutbefleckte Bluse mit ihren Initialen überbracht.

Ich bin auch gereist. Wir hatten weder Mehl, noch Öl, noch Zucker. Deine Großmutter Luisa und ich fuhren nach Tarragona. Wir kauften Öl und übernachteten zweimal bei einer Frau, die Concha hieß. Auch von ihr habe ich nie wieder etwas gehört. Ich hätte sie gerne einmal getroffen und ihr für das gedankt, was sie getan hat. Damals ging das nicht und jetzt ist es zu spät. Sie wollte kein Geld von uns und gab uns zu essen.

Wir sind nach Zaragoza gefahren, nach Teruel, nach Alicante. Um das zu zahlen, haben wir das wenige, was wir noch im Stall hatten, hergegeben. Wir nahmen Kaninchen, Hühner, Eier und einen Bund Gemüse auf die langen, mühseligen Fahrten mit. Wir versteckten uns vor den Kontrollen. In Reus hätten sie uns fast das Öl abgenommen. Zwei Fünf-Liter-Krüge, die ein Vermögen gekostet hatten. Das Öl war für uns ein Schatz. Ich tauchte den Finger in das Öl und steckte ihn deiner Schwester in den Mund. Ich war überzeugt, solange ich ihr jeden Tag einen Tropfen geben konnte, würde sie mir weder wegsterben noch krank werden.

Die Guardia Civil kam und fragte nach Onkel Antonio, aber wir wußten nichts von ihm. Ich glaubte, daß er, falls sie ihn nicht umgebracht hatten oder er nach Frankreich geflohen war oder im Gefängnis saß, wohl in Misent sein würde, versteckt im Haus seiner Eltern. Ein paar Tage später haben sie ihn gefaßt, allein und hungrig auf dem Weg zu uns, ein paar Stunden, bevor dein Vater wieder freikam. Den ersten Abend lang hat dein Vater still geweint. Er weinte um seinen kleinen Bruder. Er konnte sich nicht vorstellen, was für Achterbahnfahrten das Leben uns noch bescheren sollte.

Wenn ich es jetzt bedenke, war es wohl notwendig, dir all das zu erzählen, bevor ich über diese Frau rede; über Onkel Antonio. Es ist nicht zufällig, daß ich damit anfing, von dem Bettzeug zu sprechen: von Wäsche. Damals nähten wir uns noch alles selbst, und das war wichtig. An dem Tag, als ich deinen Onkel Antonio, besser gesagt die ganze Familie deines Vaters kennenlernte, schenkte ich Großmutter María zwei Handtücher, die ich bestickt hatte, und sie mir eine Bettdecke, die ich noch aufbewahre und die wunderschön ist.

Gleich am ersten Tag, als dein Vater mich nach Misent mitnahm, damit ich alle kennenlernte, hat sie mich Tochter genannt. Als wir ankamen, stand sie in der Küche, bereitete das Essen vor, und ich habe mir die Jacke aus- und eine Kittelschürze angezogen und habe ihr und Tante Pepita geholfen. Obwohl sie zuerst protestierten und nicht wollten, daß ich in die Küche kam, hat ihnen meine Geste doch gefallen. Wir drei sind gleich gute Freundinnen geworden. Gegen Abend hat mich deine Großmutter gebeten, allein mit ihr einen Spaziergang zu machen, und da nannte sie mich schon Tochter. Sie sagte zu mir: »Ich glaube, Tomás hat Glück, Tochter.« Und gab mir zwei Küsse.

Wir hatten uns auf einen Stein am Hafendamm gesetzt. Es war Sonntag, und die Boote waren vertäut. Alles lag ruhig da. Am Himmel färbten sich die Wolken rosa und lila. Es war ein glücklicher Augenblick, der die Spannungen an jenem Tag vergessen ließ, denn schon bei diesem ersten Mal hat Gloria, deine andere Tante, alles verdorben.

Onkel Antonio hat mir sehr gefallen, obwohl, ich weiß nicht, wenn ich mir ins Gedächtnis rufe, wie sich die Dinge entwickelt haben, denke ich inzwischen zuweilen, daß etwas an ihm schon ankündigte, wie er einmal werden würde. Und zwar lag das nicht in seinen Mängeln, sondern in seinen Tugenden. So wie im Ei von Anfang an das Huhn eingeschlossen ist, so tragen die Verhaltensweisen der Menschen das in sich, was sie einmal werden, und selbst in ihren großherzigsten Zügen kann man den Keim ihrer schlimmsten Fehler erahnen.

*E*s war Anfang des Sommers. In der Erinnerung sehe ich alles deutlich vor mir. Man vergißt, und zwar immer häufiger, was man gestern gemacht hat oder was heute morgen passiert ist, die alten Erinnerungen aber haben eine andere Kraft. Du denkst nicht daran, du siehst es, hörst es. Von jenem Tag erinnere ich nicht nur den Himmel über dem Hafendamm, sondern auch die Gesichter und die Stimmen von allen, die um den Tisch unter dem Feigenbaum saßen. Ich sehe, was jeder einzelne trug, und spüre den rauhen Geruch der Feigenblätter und der Tomatenpflanzen wie damals, als deine Tante Pepita und ich ein paar Tomaten für den Salat pflücken gingen; denk dir, während ich jetzt spreche, erinnere ich mich sogar an den Geruch der Kleider von deiner Tante Pepita und von Großmutter Maria, die nach nichts als Wasser und Seife roch, aber auf eine ganz besondere Weise, denn es war ihr Geruch.

Deinem Großvater Pedro ging es schon nicht mehr so gut. Tante Pepita und die Großmutter behandelten ihn wie ein kleines Kind. Ständig sprachen sie leise mit ihm, obwohl er kaum antwortete.

Sie legten ihm die Serviette um, schnitten ihm Brotscheiben ab, achteten darauf, daß er sich nicht das Hemd bekleckerte. Beide Frauen spürten, daß er nicht mehr lange zu leben hatte, und wollten seine Gegenwart genießen. Es war nur eine Ahnung. Das Vorgefühl deiner Großmutter traf zu, denn es dauerte kaum noch drei Jahre, bis er starb; deine Tante Pepita traf es unbewußt genauer. Es blieb ihr nur noch wenig Zeit, für ihren Vater zu sorgen: nur ein paar Monate. Deine Tante Pepita starb mit zweiundzwanzig, wenige Tage vor der Hochzeit, die sie vorverlegt hatte, weil sie wollte, daß ihr Vater daran teilnahm. Nie habe ich jemanden verzweifelter weinen gesehen als ihren Verlobten am Tag ihrer Beerdigung. Verwandte und Freunde mußten ihn festhalten, damit er sich nicht auf den Sarg warf, als der schon ins Grab gesenkt worden war.

Der Großvater sah die arme Pepita aufgebahrt. Die Großmutter hinderte ihn daran, zur Beerdigung zu gehen. Pepita war Großvater Pedros Lieblingstochter. Und am Nachmittag der Beerdigung, es war ein Augusttag, an dem die Hitze einen kaum atmen ließ, blieb er dann grübelnd im Haus sitzen, das Kinn auf die Fäuste gestützt und die Augen starr auf eine Ecke des Eßzimmers gerichtet. Von dem Tag an sprach er noch weniger. Ich hatte das Gefühl – und es wurde jedesmal, wenn ich ihn sah, stärker –, daß er immer kindlicher wurde und darum mit wachsender Mühe die Worte artikulierte. Er bekam Kinderaugen, sanft und sehr lebhaft, und sein Gesicht wurde nicht spitzer, sondern runder, das Gesicht eines Kindes.

In den letzten Monaten band ihm deine Großmutter auch noch die Serviette um den Hals und führte ihm den Löffel zum Mund, womit er endgültig im Kleinkindalter angekommen zu sein schien. Inzwischen war deine Schwester geboren, und er war auf sie eifersüchtig. Er nahm ihr das Spielzeug weg und versteckte es, und wenn er überhaupt einmal ein Wort sagte, klagte er mit unsicherer Stimme: »Dieses Kind ist gerade erst aufgetaucht und hat sich schon alles unter den Nagel gerissen.« Das Alter ist traurig. Ich habe ihn weinen gesehen, weil deine Großmutter ihm die Rassel wegnahm und der Kleinen zurückgab. Er weinte untröstlich, während er wiederholte: »Ein Jammer, so lange leben zu müssen, um dann zu sehen, wie deine Frau dir das wenige, was du hast, stiehlt, um es Fremden zu geben!«

Deine Großmutter litt. Sie gewöhnte sich an, ihm für eine Weile das Spielzeug der Kleinen zu geben. Eines Morgens schloß sie sich mit mir im Zimmer ein und sagte mir mit gedämpfter Stimme, daß sie dem Großvater einen Schnuller und eine Flasche gekauft habe, damit er die Sachen der Kleinen in Ruhe ließe. »Sag es keinem«, bat sie, »ich möchte nicht, daß jemand sich darüber lustig macht oder die Achtung vor dem Großvater verliert.« Sie hatte Angst vor deiner Tante Gloria, daß sie es rumerzählte. An dem Morgen hat die Großmutter an meiner Schulter geweint.

Ja, Tante Gloria hat den Tag verdorben, als dein Vater mich nach Misent brachte, um mich der Familie vorzustellen. Sie kam, als wir anderen schon mit dem Essen begonnen hatten. Wir hatten bis fast vier Uhr nachmittags auf sie gewartet. Dann trug deine Großmutter auf und sagte leise, aber so, daß ich es hören sollte, daß sie mich zur Komplizin machte: »Ich habe mir schon gedacht, daß Gloria heute so etwas bringen würde.«

Mich hatte sie neben sich gesetzt; rechts von mir saß Tante Pepita und neben ihr ein Mädchen, das Ángela hieß, die Freundin von Onkel Antonio, der das ganze Essen über mit ihr schäkerte. Sie war nervös. Man sah, sie war ein anständiges Mädchen, und sie schaute zu deiner Großmutter, zu Pepita und mir herüber, als wolle sie erklären, daß ihr diese Späße nicht gefielen, es aber Antonios Art sei, sich so aufzuführen. Die Familie wußte das. Dein Vater, neben Onkel Antonio, machte seine Scherze über die beiden. Der Großvater – der die Runde beschloß, neben deinem Vater und Glorias leerem Stuhl saß – schaute zu und schwieg, aber das war, glaube ich, der einzige Tag, an dem ich in seinen Augen ein Lachen sah. Ich weiß nicht. Für mich war bis zu dem Augenblick alles vollkommen gewesen, und wahrscheinlich habe ich in den anderen eben das Glücksgefühl vermutet, das ich empfand.

Ich hatte auch den Eindruck, daß Gloria gutgelaunt ankam. Ich kannte sie nicht, merkte aber sehr bald, daß ihre Augen funkelten und daß ihr Ton aggressiv war. Und ich stellte fest, daß das, was ich zuerst für Scherze gehalten hatte, in Wirklichkeit unverschämte Bemerkungen an die Adresse ihrer beiden Brüder, besonders an die von Onkel Antonio waren. Sie hatte getrunken. Gloria hat sehr früh zu trinken begonnen und bis zum Ende ihres Lebens getrunken, als man ihr schon eine Brust entfernt hatte und sie im Hospital von Misent im Sterben lag. Sogar an jenen letzten Tagen, als sie kaum noch aufstehen konnte, bettelte sie die Besucher der anderen Kranken um Zigaretten und Wein an. Sie schleppte sich zu den Toiletten, um dort zu rauchen und zu trinken, und als wir nach ihrem Tod in das Hospital kamen, um ihre Sachen abzuholen, entdeckten wir in allen Ecken des Zimmers Flaschen und Zigarettenschachteln.

An jenem Nachmittag war sie vom Scherzen in schweigenden Groll verfallen. Ich spürte ihre Augen auf mir. Ich spürte sie, wenn ich die Kaffeetasse zum Mund hob und wenn ich ein Stück

Kuchen für deine Großmutter abschnitt. Sie beobachtete auch Ángela, doch weder diese noch dein Onkel Antonio schienen das zu bemerken und schäkerten weiter miteinander. Plötzlich stand Gloria auf und sagte: »Jetzt reicht's. An diesen Tisch setzen sich keine Huren.«

Sie sah Ángela an. Dein Onkel und dein Vater stürzten sich auf Gloria und führten sie ins Haus. Während die beiden sie wegschleiften, drehte sie sich noch zu Ángela um und sagte: »Wenn du hier noch einmal auftauchst, bring ich dich um.«

Ángela tauchte nicht wieder auf. Ich weiß nicht, ob sie die Drohung ernst genommen hatte, ob dein Onkel Antonio Angst bekommen hatte oder ob sie aus einem anderen Grund auseinandergingen. Wenige Zeit später heiratete sie und zog nach Madrid. Wir haben uns öfters gesehen. Wenn sie auf Urlaub kommt oder in Familienangelegenheiten, dann reden wir über die alten Zeiten, über deinen Vater, deine Großeltern, über Onkel Antonio und jenen Nachmittag. Immer werden ihr die Augen feucht. »Es geht mir gut«, sagt sie, »mein Mann liebt mich sehr, ich hab meine drei Kinder, die es zu etwas gebracht haben, mein Haus in Madrid, dieses hier und noch eins auf dem Land. Ich kann nicht klagen, aber ich habe Antonio sehr geliebt.« Und wenn sie seinen Namen ausspricht, kommen ihr die Tränen.

Deine Tante Gloria hat sich damals geirrt. Ángela

hätte für sie gesorgt, hätte mehr Geduld mit ihr gehabt, hätte sie aufgenommen, als sie krank war. Diese hier hat nichts dergleichen getan. Deine Tante Gloria war in ihren Antonio verliebt, auch wenn man das nicht sagen soll, wo sie sich nicht mehr verteidigen kann. Keine sollte ihn berühren, und am Ende hat ihn diese hier genommen, die ihn ihr ganz nahm und für immer. Was Glorias Handeln bestimmte, immer bestimmt hat, war weniger Bosheit als Einsamkeit.

Drei Monate lang haben wir auf die Nachricht gewartet, daß sie deinen Onkel erschossen hätten. Wir wußten nichts von ihm und fanden keinen Weg, etwas zu erfahren. Dein Vater stand auf der Liste. Man hatte ihn aus der Schuhfabrik entlassen, wo er als Gerber gearbeitet hatte, und jetzt ging er jeden Abend auf die Plaza, in der Hoffnung, dort als Hilfsarbeiter angeheuert zu werden. Er hatte wenig Chancen, denn die meisten, die Arbeit anbieten konnten, waren Rechte, und die wenigen Unternehmer, die republikanisch gedacht hatten, wollten sich nicht durch die Anstellung eines Roten verdächtig machen.

Wenn ihn jemand holte, war es immer zu einem Lohn, der weit unter dem lag, der anderen bezahlt wurde. Bekam er keine Arbeit, strich er den ganzen Tag durchs Haus und antwortete nur mißmutig, wenn ich mit ihm sprechen wollte. Auch wir anderen gingen nicht raus: nur wenn es unbedingt notwendig war. Überall konnte man Beleidigungen ausgesetzt sein, und es war besser, nicht aufzufallen. Ich stand sehr früh auf, um zum Markt zu gehen. Im morgendlichen Dämmerlicht hatte ich das Gefühl, unsichtbar zu sein, daß niemand mir etwas antun könnte, und bewegte mich mit größerer Sicherheit.

Ich fing an, daheim zu arbeiten. Großmutter María schickte mir aus Misent die Nähmaschine, und ich begann, Aufträge von den Nachbarinnen anzunehmen. Deine Großmutter in Misent wußte nichts von Antonios Festnahme und dem Todesurteil. Wir hatten es ihr nicht sagen wollen. Wir meinten, es sei besser, wenn sie glaubte, er habe ins Ausland fliehen können, und wir gaben dieser Version Nahrung. »Antonio hatte gute Beziehungen. Bestimmt ist es ihm gelungen, einen Platz auf einem der Schiffe zu ergattern, die von Gandía ausgefahren sind, und eines Tages bekommen wir aus heiterem Himmel einen Brief, in dem er uns Arbeit und ein gutes Leben draußen, in Buenos Aires oder sonstwo anbietet«, sagte dein Vater zu ihr; und bei dieser Version unterschlug er unter anderem, daß er, selbst wenn sein Bruder nach ihm schicken würde, nie einen Paß bekommen hätte, um aus Spanien auszureisen.

Er ist gestorben, ohne je im Ausland gewesen zu sein oder einen Paß beantragt zu haben. Als er mich schließlich auch dann und wann ins Kino begleitete, küßte er mich eines Nachts, als wir nach der Vorstellung wieder zu Hause und im Bett waren und sagte: »Was hältst du davon, wir kratzen ein bißchen Geld zusammen, und ich fahre mit dir nach Paris, würde dir das gefallen?« Ich lachte los und sagte, wozu Paris, wo wir es doch gut daheim haben, »außerdem, wie stellst du dir vor, daß wir uns mit den Franzosen verständigen sollen, wo wir in ihrer Sprache noch nicht einmal Wasser bestellen können?«

Er machte das Licht an, stand auf, holte die Zigarettenschachtel, zündete sich eine Zigarette an und rauchte sie auf der Bettkante sitzend. »Merkst du was?« sagte er, »wir Armen bleiben arm, selbst wenn wir es zu Geld bringen. Du hast recht, Ana, was zum Teufel sollen du und ich in Paris, wo wir noch nicht einmal wissen, wo rechts und links ist.«

Aber das war später. Es mußte noch viel Wasser den Berg herunterkommen, bis dein Vater wieder ins Kino ging und seine gute Laune zurückgewann. Und das war dann nur von kurzer Dauer. In jenem ersten Nachkriegswinter haben wir sehr gefroren. Wir hatten weder Grus für das Kohlebecken noch Brennholz für den Kamin. Ich weiß nicht, wie wir es im Haus ausgehalten haben. Die Leute drängten ins Kino, weil dort die Kälte wenigstens erträglich war. Das Kino war billig, billiger als ein brennendes Kohlebecken, aber wir konnten nicht hin, weil am Ende des Films das Cara al Sol ertönte und es deinen Vater anwiderte, mit ausgestrecktem Arm aufstehen zu müssen. Außerdem begab man sich damit immer in Gefahr, provoziert zu werden. Paco, der Nachbar, der sich, als er aus dem Krieg zurückkam, bei uns versteckt hatte, wurde im Kino von seinem eigenen Schwiegervater beleidigt, und dann haben ihn vier oder fünf Typen rausgestoßen. Sein Schwiegervater hatte laut gesagt: »Kein rotes Arschloch soll das Cara al Sol beschmutzen.«

Ich erinnere mich gut an diese dunklen und kalten Jahre. Die wenigen Straßenlampen konnten kaum etwas Licht in ihrem Umkreis schaffen. In den Häusern schalteten wir es so wenig wie möglich an, um nichts zu verbrauchen. Außerdem wurde ständig der Strom abgeschaltet. Wir froren und hatten Hunger. Gegen Ende des Sommers war der erste Brief deines Onkels angekommen, aus dem wir erfuhren, daß er in Porta Coeli, Hellín und Chinchilla eingesessen hatte und nun nach Mantell verlegt worden war. Er bat um Essen. Er, der immer ein schlechter und anspruchsvoller Esser gewesen war, drängte darauf, daß wir ihm irgend etwas schickten. »Ich nehme an, daß Ihr auch nicht viel übrig habt«, schrieb er in dem Brief, »aber, damit Ihr euch eine Vorstellung macht, wir empfinden hier schon Apfelsinen- und Kartoffelschalen als Luxus. Was waren das für schöne Zeiten, als wir alle zusammen waren und lachten und es uns nicht am Nötigsten fehlte.«

Am selben Tag noch trieb dein Vater eine Handvoll Johannisbrot, Mandeln und Süßkartoffeln auf. Er packte ein Päckchen und schickte es dem Bruder über einen Transportunternehmer aus Bovra, der täglich Waren nach Mantell, Alcoy, Jijona und Alicante lieferte und sich dem Schwarzhandel widmete. Ich weiß heute noch nicht, woher dein Vater das Geld für das Porto hergenommen hat. Nach einiger Zeit erfuhren wir, die Mandeln hatten ihren

Bestimmungsort nicht erreicht. Das Johannisbrot und die Süßkartoffeln schon, allerdings merklich zusammengeschrumpft.

Der Krieg ging für uns im Gefängnis deines Onkels weiter. Wir lebten im Kriegszustand, obwohl er offiziell beendet war, auch weil wir im Morgengrauen die Schüsse von der Friedhofsmauer her hörten. Eine Woche nachdem wir den ersten Brief deines Onkels bekommen hatten, begann das Martyrium der Fahrten. Heute ist es unkompliziert, von Bovra nach Mantell zu fahren, damals mußte man jedoch mehrmals umsteigen und stundenlang auf verlassenen Bahnsteigen warten, wo der Wind die trockenen Blätter und Papiere aufwirbelte, dann das endlose Geruckel in diesen Holzwaggons, die vollgestopft waren mit schweigsamen Frauen in Trauerkleidung. Im ersten Jahr nach dem Krieg waren die Züge überfüllt. Die Leute verließen ihr Heim oder suchten einander, und die Züge nahmen all diese Trostlosigkeit auf und schafften sie ungerührt von einem Ort zum anderen. Ab und zu kamen Polizisten durch die Waggons und musterten mit besonderem Mißtrauen die Ausweispapiere einer der Frauen, sie ließen sie von ihrem Sitz aufstehen und führten sie ab. Dann erstickte uns das Schweigen.

Jede Woche fuhren wir ihn besuchen. Wie gesagt, ich weiß nicht, woher wir das Geld für die Fahrkarten und für das wenige Essen hernahmen, das wir ihm mitbringen konnten. Wir erreichten Mantell bei Tagesanbruch, nach einer ganzen Nacht im Zug. Wir wechselten uns ab: Eine Woche fuhr dein Vater, die andere ich. In Mantell hatten wir eine Frau ausfindig gemacht, die uns ihre Küche vermietete, wo wir dann für deinen Onkel kochten, damit er an dem Tag etwas Warmes bekam. Wir konnten ihm nichts Besonderes bieten: mal ein paar Kartoffeln mit Rüben, ein andermal Kichererbsen mit einem Knochen. Das war nicht viel, aber doch mehr, als wir selbst zu Hause hatten. Auch deine Großmutter María ließ uns dann etwas aus Misent für ihn zukommen: Stockfisch, damit wir ihm eine Suppe bereiteten, oder ein Ei aus dem Stall. Manchmal verabredeten wir uns bei dem Umsteigebahnhof Gandía und fuhren gemeinsam nach Mantell. Wir hatten ihr zwar erzählt, daß Onkel Antonio im Gefängnis war, verschwiegen ihr aber, daß ihm die Todesstrafe drohte.

Man beschuldigte ihn, für die Vereinigte Sozialistische Jugend eine Schreibmaschine, Papier und ein paar Ordner requiriert und am Hafen von Misent das Büro eines Exporteurs, der auf die Seite Francos gewechselt war, besetzt zu haben, um dort den Sitz seiner Partei zu installieren. Nach Kriegsende waren von den acht Mitgliedern der Gruppe zwei erschossen worden, drei saßen im Gefängnis, und von den anderen dreien wußte man nichts. Nach längerer Zeit erfuhren wir, daß einer in den ersten Nachkriegstagen erschossen worden war und zweien es gelungen war, nach Frankreich zu fliehen.

Dein Onkel Antonio hat sich immer mit Leuten aus höheren Schichten umgeben. Zu seiner Jugendgruppe gehörten Bürokräfte, Lehrer, Bank- oder Verwaltungsangestellte und ein paar Kaufleute. Das ist mir schon am ersten Tag aufgefallen, er kleidete sich elegant und sprach über Bücher und Politik. Als gehöre er in eine andere Welt.

Er hatte für sich allein das beste Zimmer des winzigen Hauses, in dem sich die übrigen Mitglieder der Familie drängten, und in diesem Zimmer gab es ein Grammophon und ein paar Platten: Er liebte gute Musik, trällerte Lieder von Caruso, rauchte mit Zigarettenspitze und zeichnete auf riesige Blätter, die ihm dein Vater schenkte. Er schenkte ihm auch die Stifte, die Hemden – ein paar habe ich genäht –, die Westen und die Schuhe. »Er ist der Künstler der Familie«, sagte er stolz an dem Tag, als er ihn mir vorstellte. Ich begriff nicht ganz den Grund für so viele Privilegien.

Großvater Pedro starb zu Anfang des Krieges, und weder dein Vater noch dein Onkel konnten zur Beerdigung kommen. Sie waren an der Front und erfuhren erst fast einen Monat später von seinem Tod. Großmutter María und ich haben ihn in den letzen Tagen seiner Krankheit versorgt. Tante Gloria war ausgezogen. Sie war mit einem Witwer zusammen, der sehr viel älter war. Eine traurige Beziehung. Gloria legte es darauf an, sich dem Glück zu verweigern. Sie ist immer so gewesen. Die beiden tranken, stritten und schlugen sich in jenen Kriegstagen. Deine Tante Gloria bedeutete eher eine Sorge mehr als eine Hilfe. Der Großvater bewegte sich nicht mehr aus dem Bett, und man mußte ihm die Wäsche wechseln und ihn waschen. Eines Morgens wachte er nicht mehr auf.

Auch Großvater Juan wurde hinfällig. Er konnte sich kaum auf den Beinen halten und litt daran, unnütz zu sein. »Totes Gewicht«, sagte er. Und als der Krieg zu Ende war und er sah, wie dein Vater und ich uns ständig abstrampelten, um das Nötige heranzuschaffen, wurde die Vorstellung, er sei

Ballast, für ihn zur fixen Idee. Stundenlang blieb er im dunklen Wohnzimmer sitzen, um keinen Strom zu verbrauchen, und aß kaum. Ich bin überzeugt, er schämte sich zu essen, weil er sich schuldig fühlte, nichts beitragen zu können. Manchmal setzte er sich nachmittags zu Großmutter Luisa und mir und half uns beim Nähen, aber das zog ihn noch mehr nieder, weil es ihm demütigend erschien, Lehrling von zwei Frauen zu sein. Wir konnten nichts tun. Wir sahen ihn versinken, und es war uns noch nicht einmal möglich, darüber zu sprechen.

So ging es drei Jahre lang, die uns endlos erschienen. Wir waren wie die Maulesel am Ziehbrunnen. Wir zogen, blind und stumm, versuchten so zu überleben, und obwohl wir miteinander alles teilten, schien uns nur Egoismus zu treiben. Dieser Egoismus hieß Elend. Die Not ließ keinen Winkel für Gefühle. So war es, wo immer wir hinsahen.

Nahrungsmittel gingen von einer Hand zur anderen mit kurzen und nervösen Bewegungen, Bewegungen von Raubtieren. Wie Getriebene kauften, verkauften und tauschten wir, und ich spürte, daß dieser Kampf mir fremd, nicht gemäß war, und so begann ich alle zu hassen, deinen Vater und meine Eltern, deine Schwester, Großmutter María und, ganz besonders, deinen Onkel Antonio, dessen Anblick uns Woche für Woche zerriß, wenn er uns bleich hinter Gittern noch mehr Elend und Hunger zeigte, als genüge nicht das um uns herum, und um Essen bat, das uns fehlte.

An manchen Tagen, auf der Rückfahrt im Zug, wenn der Regen die Fenster hinabglitt und alles feucht und schmutzig war, meinte ich sogar, daß er größeres Glück gehabt hatte, weil er still dort saß, wie die Drohne im Bienenkorb, und wartete, und wir anderen uns wie die Insekten hin und her bewegten, um für ihn zu arbeiten.

Zuweilen las ich seinen ersten Brief aus der Haft wieder und weinte, wenn ich zu den Worten kam: »Was waren das für schöne Zeiten, als wir alle zusammen waren und lachten und es uns nicht am Nötigsten fehlte.« Die alten Zeiten brannten in meinem Gedächtnis in bunten Farben. Die Abende vor der Haustür, mit Freundinnen, die Spaziergänge über die Felder, die Sonne sank hinter den Hügeln und hinterließ einen roten Streifen zwischen den Kiefern, Picknick am Strand und das Gelächter und die Tanzfeste auf der Plaza, »ojos verdes, verdes como el trigo verde«, die Haare im Garçon-Schnitt, der Matrosenkragen, vom Schlafzimmerspiegel wiedergegeben, und die neuen Schuhe, mit halbhohem breiten Absatz, à la Greta Garbo. Alles war kaputtgegangen, und der Schmerz setzte es in meiner Erinnerung wieder zusammen, als wären jene Dinge das mir von jeher bestimmte Schicksal gewesen und die anderen hätten es zerstört.

Jede Nacht fragte ich mich, ob die anderen denn nicht merkten, daß das Elend es unmöglich machte, einander zu lieben. Es war, als lebe man unter Blinden. Eines Nachmittags packte ich deine Schwester und ging mit ihr ins Kino. Ich wußte nicht einmal, welcher Film vorgeführt wurde. Ich wollte mich nur an den anderen rächen. Es war mir egal, ob die Nachbarinnen mich hineingehen sahen. Zu Ende der Vorstellung stand ich mit allen anderen auf, und mein Hals war wie zugeschnürt, als ich Cara al Sol mit ausgestrecktem Arm singen mußte. Abends dann daheim küßte mich dein Vater, der es schon erfahren hatte, und er strich mir über das Haar. Da spürte ich, daß dieser verzweifelte Kampf ums Überleben die Art von Liebe war, die sie uns übriggelassen hatten.

Nach diesem Abend und eine ganze Zeit lang liebten wir uns mehr denn je zuvor, sogar mehr als in den ersten Monaten des Kennenlernens, als er jeden Nachmittag auf mich wartete und immer ein Geschenk oder eine Blume für mich versteckt hatte und wir uns die Zeit mit Plänen vertrieben und nicht müde wurden, uns anzusehen.

Wir schmiedeten wieder Pläne. Wir kämpften genauso hart wie in den Jahren zuvor, aber jetzt meinten wir zu wissen, warum wir es taten. Die Umstände kamen uns zu Hilfe. Wenig später wurde deinem Vater eine feste Arbeit an der Laderampe des Bahnhofs angeboten. Ich bekam immer mehr Nähaufträge, und wir konnten allmählich jeden Monat mit etwas Geld rechnen. Nach und nach kam Ordnung ins Leben. Es war nicht mehr ganz so schwierig, das Nötigste zu bekommen.

Nachmittags ging dein Vater nun schon mal mit mir und deiner Schwester spazieren, und wir besuchten Freunde. Es war, als ob nach endlosem Frost die ersten Sonnenstrahlen zu wärmen begännen und das Geräusch des fließenden Wassers unsere Ohren erfreue. Ab und zu kam Paco, und dein Vater und er spielten Domino, und ich machte ihnen eine Tasse Kaffee und spürte, daß alles wieder an seinen Platz rückte. Wenn ich die Betten machte oder Wäsche aufhängte, überraschte ich mich beim Singen, und ich erinnerte mich an die alten Lieder, nicht voller Verzweiflung, sondern mit einer sanften Trauer, die der vergangenen Zeit galt; und die Erinnerungen brannten nicht, sie wärmten mich, und meine Augen wurden feucht vor Zärtlichkeit.

Nicht, daß alles plötzlich leicht geworden wäre. Wie gesagt, wir hatten weiter zu kämpfen. Reis mußte man heimlich beschaffen, auch Öl und Mehl. Aber wir hatten uns an das Schwarzbrot gewöhnt, an den Zucker des Johannisbrots und daran, einen Geschmack mit einem anderen zu überdecken. Es war ein Wunder, als eines Tages dein Vater und Paco den ersten Sack Kohle für die Becken brachten, und jedes Ding, das wir auftrieben, erfüllte uns mit Freude, ein paar Äpfel, ein Stück Schafskäse, einige Heringe. Wenn dein Vater von der Arbeit kam, kümmerte er sich um den Stall, und mit der Zeit vermehrten sich die Kaninchen, Hühner und Tauben; und ich konnte deiner Schwester nun jeden Tag ein Glas Milch geben. Wir waren plötzlich reich geworden.

Nun fuhr ich jede Woche nach Mantell, weil dein Vater nicht von seinem Arbeitsplatz weg konnte. Manchmal kam Großmutter María mit, aber auch ohne sie war die Fahrt erträglicher geworden. Die Züge waren weiterhin unbequem, die Wartezeiten auf ungastlichen Bahnsteigen lang, die Haltezeiten willkürlich und endlos, die Erschöpfung groß, doch dieses Tauwetter, das sich bei uns daheim eingestellt hatte, schien auch die anderen zu erfassen, und wir unterhielten uns in den Waggons, vertrauten einander etwas an und fanden so schließlich Reisegefährtinnen.

Wir Frauen, die das Gefängnis besuchten, erkannten uns notgedrungen wieder, da wir uns ja Woche um Woche sahen. Wir trugen einander etwas auf, teilten uns Töpfe und Küchen und verloren nach und nach die Angst. Ab und zu störte die Nachricht von neuen Erschießungen dieses labile Gleichgewicht, aber gleich machten wir uns wieder auf den Weg, denn wir wußten, es war notwendig, daß wir weiterlebten.

Manchmal überraschte ich mich auf der Strecke dabei, die Landschaft zu betrachten, die Orte zu entdecken, an denen der Zug vorbeifuhr, und dann wurde ich in der Sonnenwärme schläfrig, während wir über Schluchten hüpften und an Bergen entlangstreiften, die mit Pinien und Olivenbäumen bestanden waren. Wie ungerecht ich doch gewesen war, als ich deinen Onkel Antonio beschuldigte, und dieser Gedanke tat mir weh und begleitete mich jedesmal, wenn wir zu dem Gefängnis kamen und ich die Durchsuchung der Wachen über mich ergehen ließ, die derben Scherze, die Beleidigungen, den feuchten und schmutzigen Geruch in den Gängen, die zu dem Besucherzimmer führten.

Wenn ich vor ihm stand, schämte ich mich, weil ich dachte, er könnte entdecken, daß ich nicht mehr ganz so unglücklich war; seine Blässe erschien mir ein Vorwurf, und die Dunkelheit seines Blicks verwirrte mich. Immer noch war er von der Todesstrafe bedroht, und diese schreckliche Gewißheit überfiel mich eines Morgens, als bei der Ankunft am Bahnhof das Gerücht umging, in der Nacht zuvor habe ein Kommando mit zwölf Gefangenen das Gefängnis verlassen, um ebensoviele Todesurteile zu vollstrecken.

An dem Tag bin ich nicht zu dem Haus gegangen, wo wir die Küche gemietet hatten. Ich bin vom Bahnhof zum Gefängnis gerannt. Ich mußte es wissen. Ich wartete vergeblich vor der Tür, bis die Besuchszeit kam und ich seinen Namen hörte. Dann bin ich ins Sprechzimmer gegangen und wußte nicht, wie ich ihm erklären sollte, daß ich an dem Tag nichts für ihn gekocht hatte. »Der Zug hatte Verspätung«, sagte ich, ohne zu bedenken, daß dann auch die anderen Gefangenen nicht ihren Familieneintopf bekommen hätten. Ich glaube, er hat den Grund geahnt, denn er lachte leicht ironisch und sagte, auch er sei etwas nervös gewesen.

Ganz unerwartet haben sie ihn freigelassen. Gegen Mittag klopfte es an der Haustür, und jemand sagte: »Der Scherenschleifer. Hier ist der Scherenschleifer.« Von der Küche aus rief ich, daß wir nichts zum Schleifen hätten, doch die Stimme beharrte: »Señora, kommen Sie heraus, der Scherenschleifer hat ein Geschenk für Sie.« Ich dachte, es handele sich um einen Witzbold und ging mißtrauisch zur Tür.

Da stand er vor mir, einen Sack in der Linken und den Pappkoffer auf dem Boden zu seinen Füßen. Ich bin losgerannt, deinen Vater zu holen. Ich war so aus dem Häuschen, daß ich ihn im Flur stehen ließ, ihm nicht einmal ein Glas Wasser anbot. Die Kraft der Erinnerung. Er trug ein grünes, kurzärmeliges Hemd, das ihm Großmutter María genäht hatte, und es war, als hätten sie das Hemd einer Vogelscheuche übergezogen, denn es war arg verknittert und viel zu weit. Auch die Hosen waren zu groß. Er hatte sie mit einer Kordel zusammengebunden, und sie waren blau, mit tausend Streifen. Es war heiß.

Ich erinnere mich an die Strecke zum Bahndamm. Zu ihm hatte ich gesagt: »Ganz ruhig, ich gehe

Tomás holen«, und war losgerannt. Auf der Rampe standen ein paar Kisten Tomaten und ein Haufen Säcke, die klebrig nach Johannisbrot rochen, aber Düngemittel enthielten, einer war geplatzt, erinnere ich mich, sein Inhalt hatte sich auf dem Boden ausgebreitet und ich trat darauf.

Dein Vater hat nicht einmal sein Hemd angezogen. Er rannte vor mir los, und als ich zu Hause ankam, saßen beide schon vor einer Flasche kalten Weins, wer weiß woher die kam. Es war Freitag. Am Sonntag sind wir nach Misent gefahren, um Großmutter María zu besuchen. Deine Schwester ist den ganzen Tag im Gemüsegarten herumgelaufen, und deine Großmutter hat ein Huhn geschlachtet. Zur Essenszeit fehlten Großvater Pedro und die arme Pepita am Tisch, doch es war, als seien die guten Zeiten zurückgekehrt.

Es war ein leuchtender Tag. Dein Onkel Antonio hatte wieder etwas von seiner Eleganz zurückgewonnen, und die Blässe stand ihm nicht schlecht. Vor dem Essen sind dein Vater und er losgezogen, um einen Vermouth zu trinken, und kamen beschwipst und zufrieden zurück. Es war, als ob nichts uns mehr Leid zufügen könnte, als ob wir alles verloren hätten, was wir verlieren sollten. Und nun lachte uns wieder das Glück. Auch wenn das Unglück noch um uns herumkroch, es würde uns nicht mehr berühren. Der Krieg war vorbei.

Nach dem Essen verwöhnten uns deine Tante Gloria und ihr Freund mit einer Platte Kuchen. Auch Gloria war glücklich, ihren Bruder wiederzusehen, und strahlte. Sie war wie ausgewechselt, hatte sich ein Sträußchen Jasmin ins Haar gesteckt und machte den ganzen Nachmittag über Späße. Mit einem alten Hut und einem Spazierstock, der dem Großvater gehört hatte, verkleidete sie sich als Charlie Chaplin. Sie schminkte sich die Augen und malte sich einen kleinen Schnurrbart an und sah wirklich wie Chaplin aus. Alle lachten wir. Dein Vater nötigte mich, etwas zu trinken, und deine Schwester war ganz aufgeregt. Sie hatte Chaplin noch nicht im Kino gesehen, aber sie war von der allgemeinen Fröhlichkeit angesteckt und wollte, daß die Tante ihr auch einen Schnurrbart anmalte und ihr den Hut aufsetzte.

Nachmittags haben wir einen Strandspaziergang gemacht und sind dann zu einem Ausflugslokal gegangen. An einem Nebentisch spielte ein Mann Akkordeon, und dein Onkel bat ihn darum, ihn beim Singen zu begleiten, und dann hat er für uns Tangos und Romanzen gesungen. Er hatte eine sehr gute Stimme, und wir waren alle von den Texten dieser alten Lieder bewegt, die von fernen Dingen erzählten und dennoch von unserem Leben zu sprechen schienen, von den Hoffnungen, dem Leid und der Freude, die wir gerade zurückgewannen, wenn auch um den Preis des Vergessens derer, die für immer gegangen waren. »Von jetzt an wird niemand mehr gehen. Wir werden hier sein, zusammen, das ganze Leben lang«, sagte ich mir wieder und wieder, als habe uns das Ende des Krieges von aller Krankheit, vom Unglück und vom Tod geheilt.

*D*ein Onkel zog bei uns ein. Er mußte sich täglich in der Kaserne der Guardia Civil melden, und oft kamen sie auch, ihn zu kontrollieren, sogar mitten in der Nacht. Die Euphorie der ersten Tage war verflogen. Und obwohl ihn dort in Bovra kaum jemand kannte, vermied er es, das Haus zu verlassen, und wenn er es tat – um zur Kaserne zu gehen oder aus irgendeinem anderen Grund –, lief er scheu und gebeugt dicht an den Mauern entlang. Manchmal fiel es mir schwer, in diesem verängstigten Mann den zu erkennen, den ich vor dem Krieg gekannt hatte.

Er blieb fast die ganze Zeit über in seinem Zimmer, als könne er sich nicht an offene Räume gewöhnen. Wenn dein Vater von der Arbeit zurückkam, versuchte er, Antonio in eine Bar mitzunehmen oder zu Paco, um ein paar Partien Domino zu spielen. Manchmal lief er über die Felder und kam mit Holzstücken zurück, an denen er tagelang mit großer Sorgfalt schnitzte. Für deine Schwester hat er ein winziges Kaffeeservice geschnitzt, das er später bemalte, so daß es wie chinesisches Porzellan aussah. Er machte auch das Eßzimmer einer Puppenstube für sie. Er hatte an den endlosen Abenden im Gefängnis das Schnitzen erlernt und begann bald, sich auf diese Weise etwas Geld zu verdienen.

Zuerst schnitzte er Spielzeug und dekorative Figürchen, aber in jenen Zeiten interessierte sich niemand für Spielzeug: Niemand war bereit, dafür Geld auszugeben. Also begann er Rührlöffel, Schöpflöffel, Suppenlöffel und Gabeln aus Holz zu schnitzen. Er hatte sehr geschickte Hände, und obwohl er wenig damit verdiente, fühlte er sich nützlich. Nicht nur er, denn Großvater Juan, der bis dahin dazu verdammt gewesen war, uns Frauen zu helfen, setzte sich zu ihm und lernte nach und nach, ihm behilflich zu sein; selbst deine Schwester half mit.

Ich will dir nicht erzählen, daß damit die Schwierigkeiten aufhörten, ganz und gar nicht. Man mußte für alles und jedes Schlange stehen, aber dein Vater brachte es fertig, uns Öl, Mehl (endlich hatten wir ab und zu weißes Mehl) und Reis zu beschaffen, die als Schwarzware auf der Verladerampe am Bahnhof landeten. Später, wenn ich dich und deine Schwester um Kleinigkeiten streiten sah, habe ich gedacht, daß wir damals ziemlich glücklich waren, auch wenn wir kaum etwas besaßen.

Wir wendeten oder ersetzten die Kragen der Hemden, stopften die Ellbogenpartien so sorgfältig, daß man die Ausbesserungen nicht sah, und verwöhnten die Wäsche beim Waschen, schrubbten sie kaum, um sie nicht abzunutzen. Und dennoch erinnere ich mich gerne an die Nachmittage, wenn die Sonne in den Hausflur schien und ich mich zum Nähen hinsetzte und deinen Onkel und deinen Großvater das Holz bearbeiten sah und dann aufstand, um ihnen eine Tasse Kaffee zu machen. Stell dir vor, für einen Augenblick war es, als hätte der Krieg uns gelehrt, einander zu ertragen, zu lieben, denn davor war ich wegen nichts mit Großmutter Luisa aneinandergeraten, jetzt aber lebten wir zusammen und gingen wie Freundinnen miteinander um.

Das Haus wurde zu einer richtigen Werkstatt, nachdem sich eines Tages José eingliederte, ein Junge hier aus Bovra, der mit deinem Onkel im Gefängnis gewesen war und der, als er hörte, daß dieser bei uns wohnte, vorbeikam, um ihn zu begrüßen und nach einer Weile schon mit ihm und deinem Großvater bei der Arbeit saß. Bald tauchten dann zwei oder drei Kunden pro Woche auf, die das Produzierte abnahmen, dafür zahlten und Auftragslisten für die nächsten Tage zurückließen.

Dein Vater kaufte den Tischlern eine Werkbank und Werkzeug und später noch eine Drechselbank. An dem Tag, an dem sie die Drechselbank installiert hatten, verließen dein Onkel und José übermütig das Haus und kamen nach einem Weilchen mit einem Krug Wein zurück, und wir mußten alle anstoßen. »Denn das hier ist jetzt schon eine richtige Firma«, erklärte dein Onkel, während er deiner Großmutter, die, glaube ich, noch nie im Leben Wein gekostet hatte, ein Glas zum Mund führte.

Sie gewöhnten sich an, eine Partie in der Bar zu spielen, sobald dein Vater von der Arbeit kam und sich gewaschen hatte. Manchmal ging auch Paco mit. José aß jeden Tag bei uns und war immer darauf bedacht, eine Kleinigkeit beizutragen. Er war ein feiner Kerl, der Arme. Sonntagvormittags brachte er Schmalzgebäck mit, und mittags legte ich ihnen ein paar Kartöffelchen vom Eintopf beiseite, und die aßen sie zum Wein als Aperitif, vor der hinteren Haustür, dort, wo im Winter die Sonne hinschien. Sie hörten Radio, und nach dem Essen gingen sie dann zum Fußball. Wenn sie losgezogen waren, schloß sich Großvater Juan, der lebhaft an ihren Gesprächen teilnahm, in sein Zimmer ein. Manchmal hörte ich durch die geschlossene Tür, daß er weinte.

Nach den ersten euphorischen Monaten hatte dein Onkel dann auch schlechte Tage. Die gute Laune verging ihm plötzlich, und seine Freundlichkeit, an die er uns gewöhnt hatte, verlor sich, er wich uns aus und wurde schweigsam. Er aß kaum etwas. Ich meinte, daß er Heimweh nach Misent, nach seinen Freunden und seiner Mutter haben mußte, und ermunterte ihn, am Wochenende doch mal in den Zug zu steigen, nun wo sie es mit der täglichen Meldepflicht nicht mehr so streng nahmen. Aber statt auf mich zu hören, blieb er lange im Bett liegen und schaute nicht einmal in die Werkstatt, wenn José kam. Gegen Mittag stand er auf, schlich sich, geräuschlos wie eine Katze, durch die Hintertür, wanderte allein über die Felder und kam erst nachts wieder zurück.

Es tat mir weh, ihn so zu sehen. Es schien, als sei er in ein tiefes Loch gefallen und habe keine Lust herauszukriechen, ja nicht einmal um Hilfe zu rufen. Das Schlimme war, daß solche Tage bei ihm häufiger wurden. Statt mit deinem Vater und José in die Bar zu gehen, schloß er sich manchmal abends in sein Zimmer ein, und das Licht brannte bis spät in die Nacht. Am nächsten Morgen, wenn ich sein Zimmer machte, fand ich auf dem Tischchen seine Zeichenhefte und blätterte dann, achtete darauf, daß er es nicht bemerken konnte, und stellte fest, daß er Pflanzen und Blumen gezeichnet hatte, auch Männer in Sträflingskleidung, die in sich zusammengesunken auf Stühlen saßen. Manchmal zeichnete er nackte Frauen, und ich schämte mich, wenn ich diese Seiten sah, und blätterte schnell darüber hinweg, als könnten meine Finger Spuren hinterlassen und dein Onkel merken, daß ich die Zeichnungen betrachtet hatte, und uns das auf irgendeine Weise zu Komplizen machte. Einmal entdeckte ich, daß er mein Gesicht gezeichnet hatte, und beim Betrachten überkam mich ein Schuldgefühl, das sich auch dann nicht ganz verflüchtigte, als ich beim Umblättern auf ein Porträt deines Vaters stieß. Wenige Wochen später, in Misent, bemächtigte sich dieses Schuldgefühl wieder meiner, mit aller Heftigkeit. Ich wurde es nicht mehr los.

Wir bemühten uns, Großmutter María wenigstens einmal im Monat zu besuchen. Seit dem Tod von Großvater Pedro war sie allein, und die Einsamkeit mußte auf ihr lasten, auch wenn sie sich standhaft zeigte. Großmutter María erwog nie, nach Bovra zu ziehen. Sie wollte sich nicht von Gloria trennen, die keine Hilfe war, sondern ihr mehr und mehr Sorgen machte.

Gloria kam noch immer nicht gut mit ihrem Liebhaber aus. Manchmal tauchte sie nach Mitternacht im Haus der Mutter auf, im Gesicht Kratzspuren und Blutergüsse an den Armen. »Ich denke nicht daran, zu diesem Hurensohn zurückzukehren, und wenn er mich auf Knien darum bittet«, sagte sie. Am nächsten Morgen aber kehrte sie, ohne daß jemand sie um etwas gebeten hätte, zu ihm zurück. Und deine Großmutter sagte: »Wie soll ich von hier weggehen, wo sie mich doch am meisten braucht! Irgendwann macht sie noch etwas Verrücktes.« Sie tat so, als merke sie nicht, daß man darauf nicht zu warten brauchte, da Gloria ständig Verrücktes tat.

Wenn wir nach Misent zum Essen kamen, weigerte sich Gloria, an der Mahlzeit teilzunehmen, und erschien erst zum Nachtisch, um uns den Tag zu verderben. Sie warf uns vor, daß wir nur nach Misent kämen, um die Großmutter auszunützen: »Ihr kommt, um ihre Speisekammer zu leeren, und laßt sie wie einen Dienstboten für euch schuften.« Meistens konnte man ihr ansehen, daß sie zuviel getrunken hatte, und weder dein Vater noch dein Onkel achteten besonders auf sie. Es gab aber auch Gelegenheiten, bei denen es ihr gelang, uns zu schaden.

Ich erinnere mich an einen Sonntag – um Ostern herum, glaube ich, bin aber nicht sicher –, als wir zum Essen aufs Land gefahren waren. Dein Onkel hatte sich von der Gruppe entfernt und kam nach einer Weile mit einem Strauß Blumen zurück, die er unter Gloria, der Großmutter, deiner Schwester und mir verteilte. Deine Großmutter und ich sprachen darüber, wie schön sie waren und wie angenehm sie dufteten, als deine Tante plötzlich Antonio ihre Blumen vor die Füße warf und sagte: »Ich will für niemanden die zweite Wahl sein, nicht einmal für meinen Bruder. Gib sie ihr und laß uns andere in Frieden. Ja, ihr.«

Ich bin weiß wie die Wand geworden und wußte plötzlich nicht, wohin mit den Blumen, die ich an die Brust gedrückt hatte. Deine Großmutter, die neben mir saß, legte mir die Hand auf die Schulter und bat mich, nicht hinzuhören. Zum Glück war dein Vater gerade etwas weiter weg und hatte nichts gehört, sonst hätte ich Gloria, glaube ich, auf der Stelle getötet. Es war dein Onkel Antonio, der aufstand und ihr eine Ohrfeige gab: »Tauch ja nie wieder auf, wenn irgendeiner von uns hier ist«, sagte er. Und sie erwiderte: »Schlag nur zu. Es wird dich nicht davon heilen.«

In der Woche darauf hat dein Onkel Antonio kaum in der Werkstatt gearbeitet. Ich mußte José und dem Großvater helfen, damit die Aufträge rechtzeitig fertig wurden. Deine Großmutter, er und ich hatten vereinbart, deinem Vater nichts von dem Zwischenfall mit Gloria zu sagen. »Ich weiß nicht, was er mit ihr machen würde«, sagte die Großmutter. Und als wir dann allein waren, bat sie mich um Geduld, hängte aber an: »und Willensstärke«. Und diese Worte schienen mir einen Verdacht auszudrücken.

Wahrscheinlich waren es meine blanken Nerven, die mich zu dieser Deutung veranlaßten, wahr ist aber, daß es Gloria gelungen war, uns zu beschmutzen. Nun fügten sich Antonios Traurigkeit, die nackten Frauen in seinem Heft und mein Porträt zu dem Bild eines Puzzles zusammen, dessen Teile bisher verstreut gewesen waren. Ich weiß nicht, von wem ich einmal gehört habe, daß manche Worte aus so zartem Glas sind, daß sie, einmal ausgesprochen, zerbrechen, ihren Inhalt verströmen und Flecken hinterlassen.

Am nächsten Samstag beschloß dein Onkel, wieder nach Misent zu fahren – das sagte er uns jedenfalls am Freitagabend. Er stand früh auf, packte den Beutel mit Kleidung und etwas Essen, das ich ihm am Abend zuvor fertiggemacht hatte, und nahm den ersten Zug. Am Sonntagabend kam er nicht zu der Zeit zurück, zu der wir gewöhnlich von den Besuchen bei der Großmutter heimkehrten, und auch mit keinem der Züge am Montagmorgen.

Er kam nach dem Essen, als wir uns schon alle Sorgen machten und dachten, es sei ihm womöglich etwas zugestoßen. Er sagte uns, er sei bei Großmutter María gewesen, aber ich wußte gleich, das stimmte nicht, denn er war unrasiert und kam mit schmutziger Wäsche zurück. Großmutter María wusch und bügelte ihm immer die Kleidung und steckte außerdem etwas für uns in den Beutel, aber an dem Tag brachte er nichts mit. Nicht einmal eine Kleinigkeit für deine Schwester.

Als ich die schmutzige Wäsche einsammelte, bemerkte ich, daß sie nach einem Frauenparfum roch, und dieser Geruch tat mir so weh, daß ich mir eine Ausrede ausdenken mußte, um aus dem Haus zu kommen, denn dort drinnen erstickte ich.

Am Samstag darauf wiederholte er die Fahrt und erschien nicht am Montag. Auch nicht am Dienstag oder Mittwoch. Und wir wußten nicht, was wir tun sollten, denn wir konnten nicht deine Großmutter in Misent anrufen, weil wir Scheu davor hatten, sie ohne Grund zu beunruhigen; es schien uns auch nicht sinnvoll, sein Verschwinden bei der Guardia Civil zu melden, wo ihm doch erst seit ein Paar Monaten die Meldepflicht erlassen worden war. Dein Vater und José meinten im übrigen, daß er nach Frankreich gegangen sei oder sich einer der roten Maquis-Gruppen angeschlossen hatte, die es noch in der Gegend gab.

Ich wußte, daß dem nicht so war. Ihnen genügte als Beweis, daß nicht nur das Geld aus der gemeinsamen Werkstattkasse verschwunden, sondern auch der Geldbeutel deines Vaters am Samstagmorgen leer gewesen war. Für mich waren das Indizien, die einen anderen Verdacht nährten, auch wenn ich den nicht aussprechen wollte, nicht einmal sagte, daß auch in meinem Portemonnaie Geld gefehlt hatte und ich kaum etwas einkaufen konnte.

Es ist, als ob wir Frauen geheime Kanäle hätten,

über die wir uns verständigen. Eines Abends, als die Männer in der Werkstatt arbeiteten und meine Mutter und ich in der Küche das Abendessen zubereiteten, sagte sie zu mir: »Nicht wahr, du glaubst auch nicht, daß er weit weg ist?« Und ich antwortete, daß ich in der Tat davon ausginge, daß er nicht verschwunden sei. »An dem Tag, an dem er geht, hoffentlich bald, wird er uns allen einen Gefallen tun«, bemerkte sie, als sie mir schon den Rücken zugedreht hatte, und schien dabei mit der Pfanne zu sprechen, damit ich es nicht hörte. In dem Augenblick dachte ich, daß aus der Entfernung Tante Glorias Worte auch sie infiziert hatten.

*I*n der Woche haben wir alle in der Werkstatt gearbeitet. Dein Vater setzte sich zu uns, wenn er von der Laderampe am Bahnhof zurückkam, und wir saßen dort bis spät, aber auch alle zusammen kamen wir mit der Arbeit nicht recht voran, weil uns Antonios Geschicklichkeit und Erfahrung fehlten. Nachts, im Bett, umarmte mich dein Vater und sagte immer wieder, als rede er mit sich selbst: »Sie werden ihn umbringen. An einem dieser Tage werden sie kommen und uns sagen, daß er umgebracht worden ist.«

Er atmete heftig im Schlaf und redete im Traum. Er stand wieder neben sich, wie in den ersten Tagen, nachdem sie deinen Onkel ins Gefängnis gebracht hatten. Und ich wagte es nicht, mit ihm meine Gedanken zu teilen, meinen Verdacht, und so wurde ich, ohne es zu wollen, zur Komplizin deines Onkels, weil ich wußte, es war meine Pflicht, deinem Vater diesen Kummer zu ersparen. Ich beschränkte mich darauf, ihm über den Kopf zu streichen und ihn zu bitten, jetzt zu schlafen, wie man es mit kleinen Kindern macht, und ich sagte, du wirst sehen, am Ende kommt alles wieder in Ordnung.

Dein Vater mußte ihn aus einem Bordell in Cullera abholen. Er hatte es von jemandem erfahren, der von dort mit dem Zug gekommen war. Ohne uns Bescheid zu geben, fuhr er los, um ihn zu holen. Antonio hatte alles Geld, das er hatte mitgehen lassen, verspielt, und dein Vater mußte auch noch für ihn bürgen und die Schulden bezahlen, die er gemacht hatte.

Er war zwei Wochen außer Haus gewesen, und diese ganze Zeit über hatte ich unruhig auf die ankommenden Züge geachtet und hatte, ich weiß nicht wie oft, seine Kleidung in der Truhe geordnet und war dabei auf seine Zeichenhefte gestoßen, hatte allerdings nicht gewagt, sie zu öffnen. Jedesmal, wenn ich unter irgendeinem Vorwand sein Zimmer betrat, erinnerte ich mich an die Worte von Großmutter Luisa: »An dem Tag, an dem er geht, hoffentlich bald, wird er uns allen einen Gefallen tun.« Ich brauchte es, daß er zurückkehrte, und wollte zugleich, daß er für immer verschwand.

Er kam betrunken und schmutzig zurück, und dein Vater bat mich, ihm etwas Warmes zu essen zu machen, und er hat ihn gewaschen und ins Bett gesteckt. »Das Gefängnis hat ihn kaputt gemacht«, entschuldigte er ihn, und ich dachte, er entschuldigt seine eigene Schwäche. Am nächsten Morgen beschloß Großmutter Luisa, zurück in ihr Haus zu ziehen – und das hatte scheinbar nichts mit der Rückkehr von Onkel Antonio zu tun. Großvater Juan und sie haben sich dann nicht mehr von dort wegbewegt. Beide sind in dem Haus gestorben. Erst Großvater Juan und sechs Jahre später sie. Nicht einmal, als sie allein zurückgeblieben war, wollte sie aus ihrem Haus. Du mußt dich an das Haus von Großmutter Luisa erinnern. Du hast dort gerne ganze Nachmittage verbracht, dich hinter den Schildblumen im Hof versteckt und mit einem kleinen Vogel gespielt, den du an einem um das Bein gebundenen Faden spazierenführen durftest.

Ich versuche, dir das Chaos zu beschreiben, das damals in mir herrschte. Dein Onkel erschien mir skrupellos; zugleich konnte ich mich nicht von einem trostlosen Bild freimachen: Er saß in einem tiefen Loch und hatte nicht einmal die Kraft zu schreien.

Jedesmal wenn er mit unserem Geld verschwand, sorgte er dafür, daß wir litten, aber es war, als ließe er sich von der Strömung eines Flusses fortreißen, in dem er untergehen wollte. Und dein Vater wurde schuldig, weil er ihn rettete und ihn zwang zu leben. Ja, die Schuld fiel immer auf uns zurück, weil wir nicht zuließen, daß er für immer verloren ging.

Er kehrte verschwitzt, betrunken, unrasiert, schmutzig und dennoch unschuldig zurück. Wir – und ich spreche vor allem von deinem Vater – kämpften um seine Rettung, setzten unsere Gesundheit und unser Glück aufs Spiel und waren dabei egoistisch. Er war von Licht umgeben, und uns umgaben – wie in dem Bolerotext – Schatten, die Schatten der Kleinlichkeit.

Einmal kam er plötzlich ins Zimmer, als ich es putzte, und ertappte mich mit dem Zeichenheft in der Hand. Er zog dann ein anderes Heft hervor, das er im doppelten Boden der Truhe versteckt hatte, und zeigte mir zehn, zwanzig Porträts von mir. Ich begann zu weinen, aus Beklemmung oder Angst, und genau in dem Moment ging die Haustür auf, dein Vater kam von der Arbeit zurück. Es war nur eine nervöse Reaktion, aber von dem Augenblick wußten wir, glaube ich, beide, daß wir nicht mehr zu zweit allein im Haus bleiben konnten.

Wir mußten uns aus dem Weg gehen.

Ich hatte den Verdacht, daß ich selbst im Begriff war, den Respekt vor deinem Vater zu verlieren. Ich verstand nicht, warum er so nachsichtig mit deinem Onkel war und nicht merkte, daß er uns damit gefährdete. Ich erwartete von ihm, daß er unser Heim besser verteidigte, doch jedesmal wenn ich ihm das andeutete – kaum mit einem Wort, da ich es nicht wagte, eine Wahrheit auszusprechen, die es real nicht gab –, kam er mir immer damit, daß das Gefängnis ihn zerstört habe, und wollte nicht wahrhaben, daß etwas an deinem Onkel war, das uns zerstören konnte.

Jene Eskapade war nicht die letzte, und wenn die Werkstatt überlebte, dann dank uns: dank deines Vaters, José, mir, auch dank Großvater Juans, dem deine Schwester jeden Tag die Arbeit ins Haus brachte. Onkel Antonio trank, verschwand ganze Wochen lang, nahm das wenige Geld mit, das wir uns zurückzulegen bemühten, und verspielte es. Und ich begnügte mich, unter wachsendem Schmerz, damit, in sein Zimmer zu gehen, wenn er nicht da war, auf die Ankunft der Züge zu lauern, mit denen er zurückkommen konnte, seine Wäsche zu pflegen und den Umschlag des Zeichenhefts zu streicheln.

Ich begann ihn zu hassen, wollte, daß er für immer ginge, zugleich aber fühlte ich mich schuldig, als beträge ich deinen Vater. Ich weiß nicht, wie ich dir das erklären soll. Es war, als ob dein Onkel Antonio und ich uns heimlich während seiner Abwesenheiten verständigten. Und das war so, weil deine Tante Gloria uns mit dem Zellophan eines Geheimnisses umgeben hatte; oder weil sie offengelegt hatte, daß er und ich eine andere Luft als die übrigen atmeten, da wir uns bislang in dieser Zellophanhülle bewegt hatten, die wir selbst nicht wahrgenommen hatten.

Ich trat in sein Zimmer und wünschte, er verschwände für immer, und dennoch spürte ich etwas in den Fingerspitzen, wenn ich mit dem Staubtuch über seinen Nachttisch wischte oder wenn ich seine schmutzige Wäsche einsammelte: Mich überkam ein Zittern, das solche Handgriffe nie in mir auslösten, wenn ich sie in irgendeinem anderen Winkel des Hauses ausführte.

Wie in der ersten Zeit gleich nach Kriegsende, hatte ich wieder das Gefühl, von allen alleingelassen worden zu sein. Und wieder haßte ich sie alle. Ich haßte ihn und haßte deine Tante Gloria und deinen Vater, weil ich mich von Antonio freimachen mußte und es nicht tat, und Großmutter Luisa, weil sie mich mit ihrem Argwohn beschuldigt hatte und dann gegangen war und mich wie einen morschen Ast in der Strömung eines Flusses hatte treiben lassen.

Die Jugendträume waren nichts wert. Ich war mit deinem Vater verheiratet, liebte ihn und konnte ihm doch nicht zurufen, er solle mich retten. Was dann? Ich wußte nur, daß man nicht benennen kann, was nicht existiert. Und nichts existierte: nur eine Gewißheit, schlüpfrig wie eine Schnecke oder wie Öl, das durch die Finger rann und Flecken hinterließ.

Eines Nachts habe ich deinen Vater umarmt und ihm gesagt, daß wir wieder allein sein sollten, er, deine Schwester und ich, so wie wir es uns vorgestellt hatten, bevor der Krieg kam. Er drehte sich im Bett auf die andere Seite und bat mich um Geduld. Dann sagte er noch unter Gähnen, daß alle Frauen so egoistisch seien. Da kam er mir wie ein Stein vor, kalt und gefühllos, so sehr ich mich auch bemühte, ich würde ihn nicht erwärmen können. In jener Nacht hätte ich ihn gern gestraft, ihm wehgetan, und sei es nur, um mir selbst zu beweisen, daß er ein Wesen war, das fühlen konnte, also auch Mitleid verdiente.

*I*n den folgenden Monaten schien Antonio sich zu beruhigen. Seine Eskapaden wurden seltener, und er widmete sich mit scheinbarem Eifer der Arbeit. Es kam öfters vor, daß dein Vater und José auf ihn einreden mußten, damit er die Arbeit ruhen ließ, denn zuweilen blieb er bis in die Morgenstunden dran und beharrte darauf, auch sonntags zu arbeiten. Sonntags, wenn die Männer zum Fußball gingen, besuchte ich mit deiner Schwester die Großeltern, und mit der Zeit gewöhnten wir uns dann an, danach ins Kino zu gehen.

In den Filmen wurde jetzt schon gesprochen, und das Klavier stand stumm unter der Leinwand, und niemand bemühte sich, es klingen zu lassen. Ich erzählte deiner Schwester von den Zeiten vor dem Krieg und vom Klang dieses Instruments, das sie für ein Möbel, einen Schrank oder so etwas Ähnliches hielt und das sie noch nie hatte hören können.

An einem Nachmittag, auf dem Rückweg von der Großmutter, hörten wir, als wir an dem Fenster eines vornehmeren Hauses vorbeikamen, den Klang eines Klaviers und sind ein Weilchen, still an das

Gitter gedrückt, dort stehengeblieben. Ein paar Tage später kam deine Schwester aufgeregt aus der Schule. Sie sagte, sie hätte in das Innere des Hauses geschaut, und der Deckel des Klaviers sei hochgeklappt gewesen und sie hätte darunter so etwas wie aufgereihte Dominosteine gesehen.

Von dem Nachmittag an sah ich sie häufig in einem Winkel des Hauses auf dem Boden sitzen und in einer Schachtel die Dominosteine deines Vaters ordnen, wobei sie Lieder trällerte, die sie selbst erfand.

Jahre später, als sie schon in der Chemiefabrik arbeitete, zeigte sie mir einmal ihre geschundenen Hände und sagte mit einem traurigen Lächeln: »Und ich wollte als Kind einmal Pianistin werden!« Manchmal muß ich an ihre Worte denken, wenn ich sie sehe, unfähig, sich aus dieser Glocke zu befreien, in die sie das Leben verbannt hat und in der sie ein Kind nach dem anderen bekommt.

Wenn ich sie sprechen höre, voller Bitterkeit und Egoismus, und sie massenweise Zigaretten konsumieren sehe, immer erschöpft und immer unzufrieden, erinnere ich mich an das kleine Mädchen, das vor den Dominosteinen sang, und denke, daß, wenn sich schon dein Vater allzu bald in der Niederlage eingerichtet hatte, wenn er so schnell geschlagen war, zumindest ich mehr für sie hätte kämpfen müssen, und ich frage mich, was uns die

Rechtschaffenheit genutzt hat, die Hingabe, der Wunsch, daß die Dinge so wären, wie wir meinten, daß sie sein mußten.

Ich habe nie die Leute gemocht, die den Bessergestellten hinterherlaufen, aber ich hätte mir eine andere Zukunft für sie gewünscht: Ich weiß nicht, vielleicht hätte sie den Sohn des blonden jungen Mannes heiraten können, der im Kino Klavier spielte und von dem wir nach dem Krieg nie wieder etwas hörten.

Wir haben in jenen Jahren sehr viel gearbeitet. Dein Vater verlor seine Gesundheit auf der Verladerampe. Ich nähte, machte den Haushalt, half in der Schreinerwerkstatt, wusch und bügelte für Nachbarn. Wenn ich an diese Zeit denke, kann ich mir nicht mehr erklären, wie wir dem Tag so viele Stunden abgewinnen konnten. Selbst deine Schwester arbeitete nach der Schule wie eine Erwachsene mit. Für sie und mich war das Kino am Sonntag die Rettung.

Wir weinten über das, was den Schauspielern widerfuhr, und so mußten wir nicht mehr zu Hause weinen. In dem Maße, wie sich die grauenhaftesten Kriegserinnerungen verwischten, begannen wir wieder zu träumen: Eines Tages würden wir uns frisieren können wie diese schönen Frauen, die auf der Leinwand wie echt wirkten, aber nicht mehr als Rauch waren: leuchtender Staub, der aus der Kabine des Vorführers entwich. Wir würden den Strand entlangfahren in einem jener leisen Autos, die nur, wenn sie auf den Kieswegen der Gärten zwischen Rosenbüschen und Hortensienbeeten bremsten, ein leichtes Geräusch machten, ein

Zischen. Wenn wir hinausgingen, lachten wir über unsere Träume: »Stell dir mal vor, ich mit diesem Hut, wie mit einer Obstschale beladen, oder mit dem der Bösen, wo ein wenig schwarzer Tüll den Blick verbergen sollte, dazu eine schwarze Feder. Dein Vater im weißen Smoking, er tadelt den Chauffeur, weil er zu rücksichtslos gefahren ist. Er sagt zu ihm: ›Wissen Sie denn nicht, daß Sie eine große Dame und ein feines Fräulein fahren? Haben Sie etwa gedacht, daß Sie Vieh transportieren?‹« Deine Schwester lachte, weil sie sich vorstellte, wie dein Vater und ich, leicht wie die Federn, Walzer tanzten, die Gesichter hinter Masken verborgen. Die ganze Woche lang dachten wir an die Filme vom Sonntag.

Wir konnten uns nicht beklagen. Nach und nach wurde das Leben leichter. Dein Vater mietete einen Schuppen am Rand von Bovra. Gemeinsam haben wir ihn gesäubert und die Maschinen dort installiert. Als alles hergerichtet war, sah das Lokal durchaus präsentabel aus. Es roch nach Lauge. Sogar dein Onkel schien seine gute Laune zurückgewonnen zu haben. Zu jeder Tageszeit sang er diese Romanzen von Caruso, die bei ihm so hübsch klangen. Jetzt ging er vom Haus zur Werkstatt und von der Werkstatt nach Hause und verließ die Arbeit nur, um mit deinem Vater und José auszugehen oder mal am Wochenende nach Misent zu fahren. Wenn wir aus irgendeinem Grund nicht mitkommen konnten, bat er mich, deine Schwester mitnehmen zu dürfen. Ich denke, er hatte Angst vor sich selbst.

Auch Großvater Juan kam der Umzug der Werkstatt in das neue Gebäude gelegen. Es lag nah bei seinem Haus, und jeden Morgen kamen José und dein Onkel ihn abholen, und er verbrachte den Tag dort, half ihnen, war beschäftigt, und seine zwanghafte Unzufriedenheit verflüchtigte sich.

Ich sagte mir, daß es uns jetzt an nichts fehle, hatte aber gelernt, dem Glück zu mißtrauen, das uns immer wieder entglitten war, und fragte mich oft, was wohl als nächstes unser Leben durcheinanderbringen würde, und fühlte eine große Traurigkeit, wenn ich heimlich den grünen Deckel des Zeichenhefts streichelte oder wenn ich deinen Vater von der Arbeit zurückkehren sah. Im Kino mußte ich manchmal ohne Anlaß weinen.

Als sie das erste Mal in die Stadt kam, war es kurz vor Ostern. Ein Mädchen hier aus unserer Straße, die als Büglerin in einem adligen Haus in Valencia arbeitete, bei einem Marqués oder so was, brachte sie mit. Sie kam und machte Eindruck. Außer in den Filmen hatten wir hier noch nie eine Frau gesehen, die sich so extravagant kleidete. Nicht einmal das Hütchen fehlte: eines der Hütchen, über die deine Schwester und ich so lachen mußten, wenn wir sie im Kino sahen. Ernst und distanziert kam sie und hatte ein Ziel. Aber das erfuhren wir erst später.

Anscheinend hatte die Büglerin ihr von deinem Onkel erzählt und ihr sogar irgendein Foto gezeigt, jedenfalls tauchte sie am Wochenende mit der Absicht auf, ihn kennenzulernen. Sie kam nicht rüber, um uns zu begrüßen, streckte nicht den Arm aus, um uns die Hand zu geben, als ob alles im Städtchen sie ein bißchen ekelte. Dennoch war sie dann am späten Vormittag schon mit der Nachbarin in der Werkstatt, schwatzte und lachte mit José und deinem Onkel, und dort machte es ihr dann nichts aus, sich auf einen Hocker voller Sägespäne zu setzen und das zu essen, was ich ihnen mittags rüberbrachte, nur widerwillig zwar, sie ließ aber keinen Bissen liegen.

Gegen Abend stellten sie das Radio an und tanzten dort zu viert, ohne sich um die Kommentare der Leute zu kümmern. Am nächsten Abend fuhr die Büglerin ab, und die andere ging mit deinem Onkel ins Kasino und rief in Valencia an, zweifellos um zu erklären, warum sie nicht kam. Niemand erfuhr, was sie sagte, weil sie Englisch sprach. Dann tauchte dein Onkel mit der Schubkarre aus der Werkstatt auf, packte eine Matratze, Bettücher und Decken darauf und sagte, er käme nachts nicht zum Schlafen zurück.

Am nächsten Abend nahm sie den Zug, und als ich sah, wie sie sich auf dem Bahnsteig verabschiedeten, dachte ich, es wird nicht lange dauern, bis sie zurückkommt, und dann kommt sie, um zu bleiben.

Ich hatte mich nicht geirrt. Am folgenden Freitag war sie wieder da, und ein paar Sonntage später bat dein Onkel uns darum, sie beide nach Misent zu begleiten. Auf halber Strecke wurde er plötzlich ernst und sagte: »Isabel wird bald meine Frau sein. Sobald wir können, heiraten wir.« Und sie, die bei uns gegessen hatte, die mit deinem Onkel ein und aus gegangen war und bis dahin kaum ein Wort an uns gerichtet hatte, erhob sich mit dem liebenswürdigsten Lächeln von ihrem Sitz und küßte deinen Vater, deine Schwester und mich. In genau dem Augenblick hatte Isabel – davor wußten wir, glaube ich, nicht einmal ihren Namen – bemerkt, daß es uns gab.

Inzwischen hatten wir bereits erfahren, daß sie nicht die Nichte dieser Familie aus Valencia war, sondern eine Hausangestellte, und daß sie nur Englisch sprach, weil sie mit der Familie in den Jahren der Republik und des Krieges in England gelebt hatte. Du kannst dir denken, daß ich ihr diese jähe Liebenswürdigkeit nicht abgenommen habe.

*I*ch meinte, mich geirrt zu haben. Sie war nicht besonders geübt im Haushalt, sie konnte weder kochen, noch nähen, noch bügeln und war ungeschickt beim Schrubben und Waschen –, aber sie bemühte sich, mir zu helfen. Wir kamen besser miteinander aus, als ich mir anfangs gedacht hatte. Sie lernte schnell, was ich ihr beibrachte. Nachmittags setzte sie sich hin und schrieb Briefe oder etwas in ihre Hefte, in die sie, wie sie mir selbst erzählte, alles notierte, was den Tag über passierte. »Aber es passiert uns doch zum Glück nichts«, sagte ich, »woher nimmst du denn den Stoff, um so lange zu schreiben?« Wir mußten beide lachen. Sie hatte eine große, schöne Schrift, aus der die Bs und Ls wie die Segel eines Schiffes hochragten.

Ich lernte, sie zu bewundern, ihre Kleidung zu mögen: die wenigen Kleider, die sie mitgebracht hatte, abgetragen, aber elegant geschnitten, und jene, die ihr die Señora schenkte, wenn sie nach Valencia fuhr, und die ich für sie auf ihre Maße abänderte. Es begann mir auch ihre Redegewandtheit zu gefallen und ihre Fähigkeit, die Männer von etwas zu überzeugen, wenn sie es für nötig hielt, sogar wenn es die Werkstatt betraf, wo sie nun die Bücher führte. Und ich beneidete sie um die Art – auch wenn sie mich weiterhin schockierte –, wie sie deinen Onkel behandelte, den sie auch öffentlich küßte und streichelte.

Sie erbot sich, meine ungelenke Schrift zu verbessern, ich sollte ihr dafür das Kochen beibringen; aus der Stadt wollte sie mir Parfums und Gesichtscremes mitbringen, dafür, daß ich sie nähen lehrte. Sie machte mir einen Haufen Versprechungen, die in mir Hoffnungen weckten. Viele Nachmittage lang saßen wir am Fenster, sie überwachte meine Schrift und ich ihre unregelmäßigen Stiche. Zuweilen las sie mir einige Absätze von dem, was sie am Tag in ihr Heft geschrieben hatte, vor. Darin sprach sie davon, wie das Sonnenlicht sie beim Öffnen des Schlafzimmerfensters angerührt hatte, oder vom Geruch des Meeres in der feuchten Luft. Es war, als hätte sie längere Finger als wir und könnte damit das berühren, an das wir nicht heranreichten.

Und mir erschien das beneidenswert, auch daß sie – obwohl es mich mißtrauisch stimmte – Pläne für sich schmiedete, ohne an die anderen zu denken, und daß ihre Traurigkeit oder ihre Freude ein Eigenleben hatten und nicht von dem abhingen, was um uns herum war, von alldem, was mich, wie ich glaubte, belasten oder erfreuen konnte.

An einem Abend hat sie mir ein paar Zeilen vorgelesen: »Melancholie – an diesem heißen Nachmittag leide ich unter der Trauer der Einsamkeit und der Langeweile. Bovra ist ein Vakuum, das mir die Luft nimmt.« Als sie fertig gelesen hatte, hob sie den Kopf und sah mich an. Heute meine ich, daß sie mich vielleicht mit diesen Worten auf die Probe stellen wollte und daß ich darauf mit einer Naivität reagierte, die sie enttäuschen mußte. »Warum diese Trauer, Isabel, warum jetzt von Einsamkeit schreiben, wo es doch langsam aufwärts geht und wir zusammen sind?« Sie lächelte und zeigte mir jene Trauer, von der sie geschrieben hatte, und schloß das Heft.

Wenn sie Anstalten machte aufzustehen, um mir beim Zubereiten des Abendessens zu helfen, winkte ich ab. Mir schien es, als unterbräche ich mit etwas allzu Gewöhnlichem das, was sie tat, wo sie doch mit einer so exquisiten Sorgfalt und Hingabe schrieb. Manchmal nahm sie mich nachmittags in ihr Zimmer und zeigte mir Parfumfläschchen, die ihr offensichtlich ihre ehemalige Herrschaft schenkte und die Essenzen enthielten, die nach Rosen, Jasmin oder Nelken dufteten. Die Fläschchen waren aus geschliffenem Kristall, wunderschön, und sie tupfte mir mit der Kuppe ihres kleinen Fingers ein Tröpfchen hinter das Ohr und sagte: »Heute nacht werden Sie Tomás verrückt machen«, und ich war verstört von ihrer Sprache, oder auch wenn sie mir vorschlug, meine Frisur zu ändern oder mir eines ihrer Kleider und ein Paar ihrer Schuhe anzuziehen, die zwar aus der Mode, aber elegant waren.

Ein paarmal hat sie deine Schwester verkleidet, und da hatte ich ein seltsames Gefühl: als könnte mir das Mädchen entgleiten, weil sie aus ihr etwas Leichtfertiges machte. Deiner Schwester habe ich verboten, noch einmal in Isabels Zimmer zu gehen, und dann schämte ich mich jedesmal, wenn die Kleine aus der Schule zurückkam und uns beide dort vorfand.

Wenn dein Vater, dein Onkel und José etwas angetrunken vom Fußball zurückkamen, sich lachend unterhielten und laut scherzten, wurde sie schlechter Laune und sagte zu mir: »Ich kann diesen vulgären Ton nicht ertragen, auch nicht ihre platte Art und ihren dümmlichen Mangel an Ehrgeiz. Merken Sie denn nicht, Ana, daß sie uns damit dazu verdammen, den Rest unseres Lebens lang Töpfe zu scheuern?« Ich wollte sie nicht verstehen. Nach allem, was wir durchgemacht hatten, war das Glück für mich genau das, was wir hatten, die Träume eingeschlossen, die das Kino uns borgte.

An einem gewissen Nachmittag hupte es beharrlich vor dem Haus, und dein Vater und ich sind hinausgegangen, um zu sehen, wer nach uns verlangte. Und siehe da, sie war es, am Steuer eines Wagens, den ihr anscheinend Raimundo Mullor überlassen hatte. Sie war sehr aufgeregt und forderte uns vor den erstaunten Augen der Nachbarn auf einzusteigen. Dein Onkel nahm auf dem Beifahrersitz Platz, und dein Vater und ich blieben auf dem Gehsteig stehen. Dein Vater beobachtete mit trübem Blick, wie der Wagen wieder anfuhr.

So wurde mir nach und nach klar, daß sie mit einem Ziel nach Bovra und in unser Haus gekommen war. Ich entdeckte, daß keines jener Tauschversprechen, die sie mir gegeben hatte und die mich so hoffnungsfroh gemacht hatten, ihr am Herzen lag und daß sie gar nicht willens war, mir etwas beizubringen oder etwas zu lernen. Sie wollte mich nur als Komplizin bei der Flucht aus dieser Welt, die sie gerade mal als erste Stufe auf dem Weg zu einer anderen akzeptiert hatte, an die sie offensichtlich jede Sekunde sehnsuchtsvoll dachte.

Sie wollte, daß ich mich schminkte, mir die Nägel richtete und mich traute, einen Hut zu tragen. Manchmal kam mir der Gedanke, ob sie mich nicht vielleicht in eine Karikatur ihrer selbst verwandeln wollte, in eine blöde Puppe, mit der man spielen konnte. Auf das Spiel habe ich mich nicht eingelassen. Ich war schon eine Frau, erwachsen, und hatte meinen Weg gefunden. Wenn wir nicht Komplizinnen wurden, konnten wir nur Feindinnen sein.

Sie verlor das Interesse daran, mit mir zu reden, mir bei der Hausarbeit zu helfen, mir jene Dinge vorzuschlagen, die in mir Angst, aber auch Hoffnung auslösten. Nach und nach ließ sie durchblicken, daß sie sich über ich weiß nicht was oder wen erhaben fühlte, und das, obwohl sie doch mit nichts gekommen war, weiterhin nichts hatte und alles von uns erbat, mit einer sehr sanften Stimme, deren Ton sich aber änderte, sobald sie es bekommen hatte. Sie wußte nun, daß wir keine Komplizinnen waren.

Manchmal fuhren wir am Wochenende nach Misent. Sie bemühte sich, Großmutter María für sich zu gewinnen, sie brachte ihre Parfumfläschchen mit und legte jene Sanftheit in ihre Stimme, die in mir Neid und Unruhe auslöste. Tante Gloria erbat sich von ihr den Hut, mit dem sie dann samstagnachmittags spazierenging; sie war zufrieden, als habe sie endlich erreicht, daß ihr Bruder Antonio das bekäme, was sie sich für ihn erträumt hatte. »Das ist eine wahre Señorita«, sagte sie stolz zu mir.

Ich schwieg und nickte, obwohl ich bereits ahnte, was an Enttäuschung und Leid auf Gloria zukam.

Ich habe mich nicht geirrt, die Jahre vergingen, und meine Ahnungen erwiesen sich noch als harmlos. Nach kurzer Zeit kamen sie nicht mehr mit uns nach Misent. Sie mußte zu ihrer Familie in die Hauptstadt oder schützte mysteriöse Tätigkeiten und Besuche vor. Wenn Großmutter María uns allein mit der Kleinen kommen sah, lächelte sie bitter.

In unserer bescheidenen Vorratskammer begannen Mehl, Reis, Öl und Zucker zu fehlen. Ich bemerkte den Schwund allenthalben, zog es aber vor zu schweigen, nichts zu sagen, weil ich mir dachte, daß sie ihrer Familie all das brachte, was sie uns nahm. Damals hatten wir für so etwas Verständnis. In der Hauptstadt war es schwierig, überhaupt irgend etwas zu bekommen, es sei denn für sehr viel Geld. Und Geld hatte keiner von uns. Dennoch hätte ich es für normal gehalten, wenn sie es uns ganz einfach gesagt hätte, statt uns heimlich zu bestehlen. Ich hielt den Mund, weil ich nicht wollte, daß dein Vater und dein Onkel aneinandergerieten, obwohl ich wußte, daß so etwas kommen mußte.

*A*uf die Diebstähle folgten die Krankheiten. Wenige Monate, nachdem sie zu uns gezogen war, bescheinigte ihr der Arzt ein Magenleiden, das ihr immer dann, wenn ihr die Speisen nicht zusagten, verbot, das gleiche zu essen wie wir. An solchen Tagen bereitete sie sich eine Extrasuppe mit einer Hühnerbrust oder einem Hühnerschenkel und Gemüse. Sie hatte sich bereits abgewöhnt, mir in der Küche zu helfen, und kam nur an solchen Tagen herein, um sich ihr besonderes Essen zuzubereiten. Deine Schwester aß Kichererbsen mit ein wenig Schweineschmalz und schaute schräg auf das Gemüse und das Huhn der Frischvermählten.

Nur wenn im Gemeinschaftstopf Fleisch auftauchte, aßen sie gemeinsam mit uns, dann aber zeigte sie sich gezielt anstellig. Sie schnappte sich die Schüssel in der Küche, stellte sie neben sich und ließ sie nicht in die Mitte des Tisches kommen. Sie nahm sich den Schöpflöffel und teilte die Rationen zu, wobei das Beste immer auf ihrem Teller und dem deines Onkels landete, der beschämt, mit gesenktem Kopf aß. Später dann begannen sie Ausreden dafür zu finden, um zu anderen Uhrzeiten als wir zu essen. Wenn sie nach Misent fuhren, verhielten sie sich ebenso.

Auf einmal waren wir in der Familie nicht mehr alle gleich: Die beiden hatten ihren Lebens- und Kleidungsstil verbessert, während wir ärmer geworden waren. Und vor allem, wie sie es in ihrem Tagebuch ausgedrückt hätte, kleinlicher.

Mit deinem Vater wagte ich nicht, darüber zu sprechen. Er mußte es bemerken, wie auch Großmutter María und ich es bemerkten, aber er schwieg. Später habe ich begriffen, daß er sich, um schweigen zu können, Gewalt antat und daß er davon einen Schaden davontrug, der am Ende seinen Charakter verändern sollte. Als sie uns mitteilte, daß sie schwanger war und der Arzt ihr Komplikationen angekündigt und eine strikte Diät verordnet hatte, wußte ich, daß der Unterschied zwischen ihnen und uns noch wachsen würde. Ich hatte mich nicht geirrt. Von dem Tag an kamen Eier, Fleisch und Milch ins Haus, Nahrungsmittel, zu denen wir keinen Zugang hatten.

Dein Onkel ging nur noch dann und wann zum Fußball. Er blieb sonntagnachmittags bei ihr, und ich war ihm dafür dankbar, befreite er mich doch damit vom Schweigen plus Zichorienkaffee. Einmal – es war wohl um die Weihnachtszeit, denn ich erinnere mich an einen sehr kalten Nachmittag – gingen dein Vater und José zum Fußballspiel, und ich nahm deine Schwester mit zu Großmutter Luisa und dann ins Kino, während die beiden zu Hause blieben, weil dein Onkel gesagt hatte, sie fühle sich nicht wohl.

Als wir aus dem Kino kamen, ging ich mit deiner Schwester zum Kiosk am Park. Ich wollte einen jener Liebesromane, die ich gerne las, umtauschen und deiner Schwester einen versprochenen Ausschneidebogen kaufen. Als wir am Kasino vorbeikamen, blieb deine Schwester zurück und preßte die Nase an die Fensterscheibe und sagte: »Tante Isabel und Onkel Antonio sitzen da.«

Ich zog sie mit einem Ruck weg und glaubte ihr nicht einmal. Aber sie beharrte: »Dort sitzen sie, am Tisch in der Ecke.« Ich drehte den Kopf und erkannte durch das Loch, das deine Schwester mit der Hand auf das beschlagene Glas gewischt hatte, ihre Augen, sie sahen mich an und schauten dann schnell in eine andere Richtung.

Beim Abendessen legte sie sich das gleiche wie wir anderen auf, erwähnte mit keinem Wort ihre Magenbeschwerden oder ihre Schwangerschaft und griff sich auch nicht den Schöpflöffel, um das Essen zuzuteilen. Und als dein Vater und ich zu Bett gingen, haßte ich mich selbst dafür, daß mir der Mut fehlte, ihm davon zu erzählen. Vielleicht, weil ich nicht wieder von ihm hören wollte, alle Frauen seien egoistisch.

Und dein Vater schwieg.

Sonntagnachmittags nach dem Essen summte und pfiff er, während er sich ankleidete. Er kam sauber und rasiert aus dem Schlafzimmer und zog sich, immer noch pfeifend, die Jacke über. Dann kam er wieder an den Tisch, an dem wir anderen noch saßen, zündete sich eine Toskana an, bot deinem Onkel eine an und sagte: »Gehen wir zum Fußball?« Dein Onkel winkte ab und stammelte eine Entschuldigung, während ich die Kaffeetassen abräumte und mich in die Küche begab, weil ich nicht eine Szene miterleben wollte, die zur Gewohnheit geworden war.

Wenn ich zurück ins Eßzimmer kam, hatte sich dein Vater ein Glas Cognac eingeschenkt, das er nun schweigend anstarrte, bis José ihn abholen kam. Dann war er von einer aufgesetzten Munterkeit und begann in einem Ton zu plaudern, der nicht zu ihm paßte, redete ohne Unterlaß, als befürchte er zusammenzubrechen, wenn er schwieg, bis die beiden sich von der Haustür aus verabschiedeten.

Ich merkte, wie sich sein Charakter veränderte.

Wahrscheinlich veränderte sich unser aller Charakter. Es war, als ob wir nun, da wir uns nicht mehr gegen die Außenwelt zu behaupten hatten, die ungenutzten Energien verbrauchen müßten, diesmal innerhalb der Familie. Manchmal mußte ich darüber nachdenken, wie schnell wir alles vergessen hatten. Ich dachte auch, daß die Dinge, wenn sie einmal zurückliegen, aufhören, wahr oder Lüge zu sein, und nur noch konfuse Reste davon dem Gedächtnis ausgeliefert sind. Es gab nichts zu retten. Die Zeit löste alles auf, machte es zu Staub, und dann wehte der Wind und trug den Staub davon.

*H*eute glaube ich, daß die Ungerechtigkeit in erster Linie meinen Stolz verletzt hat, denn plötzlich standen wir so da, als hätten wir nichts für sie getan; fast möchte ich sagen, daß es nun so war, als hätten wir ihnen dankbar zu sein. Den Leuten stellte es sich so dar, als wäre mit ihr der Überfluß in unser Haus eingekehrt.

Man sah sie im Kasino, in der Konditorei, beim Vermouth mit Mullor, mit eben dem, der nach Kriegsende deinen Vater im Keller des Rathauses geschlagen hatte. Dein Vater mußte es erfahren, genau wie ich es erfuhr. Er mußte wissen, wo sie Vermouth tranken und mit wem sie zusammenkamen, um zu tanzen oder eine Partie zu spielen. Jemand muß ihm Sätze gesagt haben wie die, die ich mir gelegentlich anhören mußte: »Schau einer an, wie ihr euch gemacht habt, seitdem die ›Mis‹ (so wurde sie in Bovra genannt) aufgetaucht ist. Man merkt doch gleich, daß da Geld in der Familie ist.«

Obwohl dein Vater solche Bemerkungen hören mußte, schwieg er weiterhin. Manchmal wurde er grundlos auf mich sauer. Er trank mehr als früher und kam nachts auch mal betrunken heim. »Egoismus. Das habt ihr Frauen: Egoismus«, sagte er zu mir. Und mir tat es weh, wenn er das sagte, weil ich nie an ein Glück gedacht hatte, das nicht auch seins und das deiner Schwester gewesen wäre, noch an eine Zukunft, die sie beide nicht einschloß, und sie waren dabei immer vor mir selbst gekommen.

An anderen Tagen, zuweilen auch nachdem er mich grundlos angeschrien hatte, schluchzte er nachts im Bett in meinen Armen und bat mich um Verzeihung: »Ich bin nichts wert. Ich bin nicht fähig, dir das Leben zu bieten, das du verdienst, ist es nicht so?« jammerte er. »Verzeih mir.« Und mir fiel es schwer, mir selbst zu verzeihen, weil ich geglaubt hatte, er sei unfähig zu leiden, ihn geringgeschätzt hatte, und jetzt merkte ich, daß es ihn innerlich zerrissen hatte, und ich wußte nicht, was ich tun konnte, um ihn zu retten.

Ich hatte nicht wie sie diese Fähigkeit, mit sanften Worten zu sprechen. Mir fehlte die Gabe, mit sicherer Schrift, die Bs und Ls wie vom Wind geblähte Segel, in ein kleines Heft zu schreiben. Jetzt waren Mitgefühl und Hingabe nicht genug. Das Leben forderte mehr von uns: etwas anderes, von dem wir uns nicht vorgestellt hatten, daß es uns fehlen würde, und von dem wir ahnten, daß es irgendwo in uns liegen mußte, aber wir wußten nicht wo. Uns fehlte der Plan, der uns zu diesem geheimen Ort führen konnte. Und so irrten wir herum und fanden ihn nicht.

Sie stand spät auf mit der ständigen Ausrede ihrer Schwangerschaft und Krankheit. Und als sie eines Morgens früher als gewöhnlich aufstand, geschah das, um vor mir das grüne Zeichenheft deines Onkels zu zerreißen und die Fetzen in den Sparherd zu werfen, den ich gerade angezündet hatte. Es war keine unbedachte Geste. Sie hatte es eilig. Sie bat mich darum, ihr den Zichorienkaffee aufzugießen, und ich goß ihn für sie auf. Sie sagte mir, es gehe ihr schlecht, ob ich ihr ein wenig Brühe aufwärmen und ans Bett bringen könne (»Seien Sie so freundlich«, sagte sie in einem Ton, der mich verletzte), und ich wärmte die Brühe auf und servierte sie ihr. Wir erstickten in einem Elend, das schlimmer war, als jenes, das der Krieg uns gebracht hatte.

Sie wollte, daß ich explodierte, und ich vermied die Konfrontation. Der einzige, mit dem ich mich aussprechen konnte, war José. Vor Zeugen ging sie scheinbar freundlich mit ihm um, aber sowie die beiden allein waren, schrie sie ihn an, kommandierte ihn herum und versteckte ihm einmal sogar das Werkzeug. José sah das Ende des gemeinsamen

Betriebs kommen und teilte mir seine Verdachtsmomente mit. Es entging ihm auch nicht, daß die Bücher des Unternehmens immer undurchsichtiger wurden. Irgendwoher mußten die Vermouths, die Geselligkeiten und die Kleidung, die sie kauften, ja kommen. Während wir uns alle Kleidungsstücke noch daheim nähten, hatten sie begonnen, im Geschäft einzukaufen. »Ich werde es nach und nach abzahlen«, oder: »Das habe ich von früher Erspartem gekauft«, sagte sie anfangs. Später gab sie dann keine Erklärungen mehr ab.

José sagte ihr, daß er sie nicht mehr in der Werkstatt sehen wolle, und drohte ihr sogar (»Wenn du deinem Mann etwas erzählst, werde ich ihm auch ein paar Dinge stecken, die dir nicht gefallen werden«, sagte er). Eine Zeitlang setzte sie keinen Fuß mehr in die Werkstatt, und ihre ständige Anwesenheit im Haus machte für mich alles noch schwieriger.

Sie verbrachte die Stunden im Bett, und kurz bevor dein Vater und dein Onkel von der Arbeit kamen, stand sie auf und ordnete das, was schon in Ordnung war, und wenn die Männer dann zurückkamen, zeigte sie sich verschwitzt und abgehetzt. Eines Tages sagte dein Onkel zu deinem Vater: »Isabel hat eine schwere Schwangerschaft, und es ist nicht ratsam, daß sie so viel arbeitet. Sag das deiner Frau.« Und dein Vater kam und sagte es mir. Da konnte ich nicht mehr.

Am gleichen Abend noch wünschte ich mir von ihm, einen Spaziergang zu machen, nur wir beide. Und auf einer Parkbank habe ich ihm dann alles erzählt.

Ich verspürte eine enorme Erleichterung, konnte dann aber nicht einschlafen. Ich erinnerte mich an die langen Fahrten zum Gefängnis in Mantell; an die Wartestunden auf den Bahnhöfen, wo die Laternen im Winterwind schwankten und der Regen gegen die Scheiben des Unterstands schlug. Alles war schmerzhaft und nutzlos gewesen. Ich sah wieder deinen Onkel, bleich hinter den Gitterstäben, und seine dunklen Augen, wenn er uns für die erbärmlichen Süßkartoffeln dankte, und jenen Mittag, als er heimkam und vor der Tür rief, der Scherenschleifer sei da. Diese Erinnerungen waren wie die Ziegelsteine des Hauses, das wir uns aufzubauen bemüht hatten und das jetzt plötzlich zusammenbrach, und wir standen wieder im Freien. Das Leid hatte uns nichts gelehrt.

Ich konnte die Nähe deines Vaters im Bett nicht ertragen. Die Wärme seines Körpers erfüllte mich mit Melancholie, als sei das nur noch die Loderasche, kurz vorm Verlöschen. Ich stand auf und setzte mich auf den Stuhl am Fenster, dort wo ich nachmittags oft nähte. Ich hatte das Gefühl, als ob jeder Stich, den ich auf jenem Stuhl sitzend getan hatte, nur dazu gut gewesen war, ein Netz zu wirken, das mich jetzt erstickte. So viele verschwendete Stunden, nur um uns zu retten.

Jetzt wußte ich, daß Rettung nur in der Wärme lag, die ich spürte, wenn ich an das Bett deiner Schwester trat, und auch in dem Schweigen deines Vaters, der unbewegt zusah, wie eine Fremde seine Frau und seine Tochter herumschubste. Das war die Rettung, die Liebe. Ich sah ein, wie sehr ich mich getäuscht hatte, als ich ihn für ein Ding hielt, unfähig Wärme zu geben und zu empfangen. Dein Vater war schweigsam und für sich geblieben, weil er Angst davor hatte, eine Liebe zu verlieren, die in dem Mysterium seiner Kindheit verankert war. Und auch ihn hatte seine Anstrengung vor nichts gerettet.

Ich saß dort bis zum Morgengrauen. Es regnete die ganze Zeit über, doch der Regen in jenen endlosen Stunden nach Mitternacht, so schien mir, reinigte uns von nichts. Er war wie Abschiedstränen. Das Wasser, das da fiel und die Fensterscheiben herabfloß, das waren wir selbst, unsere Illusionen, die auf die Erde fielen und dort zu Schlamm wurden, von dem wir uns nie würden säubern können. Es blieb uns nichts mehr von unserer Jugend.

Dann bist du geboren. Ich wollte ein Kind, wußte aber nicht genau warum. Vielleicht damit es einen in der Familie gab, der die Welt anders sah, ohne all diesen Schlamm, mit dem uns die letzten Jahre beschmutzt hatten; vielleicht war es nicht einmal das, sondern nur, daß ich mich immer leerer fühlte, weil deine Schwester schnell heranwuchs und auch schon nicht mehr mit mir ins Kino gehen wollte; und weil dein Vater sich von mir entfernte, als lebten wir auf dem Meer und die Strömung machte mit uns, was sie wollte, und unser Willen galt nichts mehr.

Seit geraumer Zeit wohnten sie nicht mehr bei uns. Damals hatten sie ein vornehmes Haus nah der Plaza gemietet, Klavier inbegriffen. Jeden Sonntag gingen sie zur Zwölf-Uhr-Messe und danach zum Vermouth ins Kasino. Dein Onkel gehörte zur Geschäftsführung des Fußballvereins und sah sich die Spiele von der Tribüne aus an, und sie hatte für deine Kusine ein Kindermädchen angestellt und ihm ein Häubchen aufgesetzt. Sie führte ein geselliges Haus. Sie selbst bekam Klavierstunden im Tausch für ihre Tee-Einladungen und die Englischstunden, die sie den Damen der Stadt erteilte. In Bovra wurde spöttisch von den »Gesellschaften der Mis« gesprochen.

José hatte in einer anderen Werkstatt Arbeit gefunden. Er war aber weiterhin nachmittags gekommen, um deinen Onkel zu besuchen, bis sie ihm eines Tages, vor ihrem Mann, sagte, er möge doch bitte diese Stammtischtreffen abbrechen, die »eher in eine Bar als in ein ernsthaftes Unternehmen paßten«. Paco, dein Vater und er gingen weiterhin sonntags zum Fußball, dein Vater aber immer widerwilliger, sah er doch dort am Fußballfeld jede Woche seinen Bruder, und das machte ihn wehmütig. Er ertrug es nicht, sich ansehen zu müssen, wie Antonio in Anzug und Weste auf der anderen Seite des Feldes stand und Mullor eine Zigarre anbot. Ich gewöhnte mich daran, ihn sonntagabends nicht anzusprechen. An diesem Tag ging er ohne Abendessen zu Bett.

Ich glaube, deinem Vater hat deine Geburt so viel Hoffnung gemacht, weil er glaubte, du kämest, die Wunden zu schließen. Ich denke, er hatte diese Vorstellung, weil er ein paar Tage vor der Taufe in das neue Haus deines Onkels, in das er nie eingeladen worden war, ging, um sie zum Taufschmaus zu bitten.

Er zog sich für den Besuch ein Jackett an und nahm eine Flasche Cognac, ein paar Zigarren und eine Schachtel blonder Zigaretten mit. Bei der Taufe hat er bis zum letzten Augenblick auf sie gewartet. Er ließ zwei Plätze neben Großmutter María frei, und damit kein Zweifel daran aufkommen konnte, daß er sie erwartete, schrieb er ihre Namen auf zwei Blatt Papier, die er gegen die Gläser lehnte. Es war das letzte Mal, daß ich bei ihm einen Funken Hoffnung aufblitzen sah.

Sie schickten das Kindermädchen mit deiner Kusine und einer Karte mit Isabels Handschrift, sie ließen sich wegen »übermäßiger Arbeit« entschuldigen. Dein Vater zerknüllte zornig die Blätter und warf das Papierknäuel in das Feuer des Sparherdes. Er wanderte um den Tisch herum und schloß sich dann mit Großmutter María in dein Zimmer ein. Keinen von beiden habe ich je über den Inhalt des Gesprächs befragt, und sie haben mir auch nichts davon erzählt, doch über das Gemurmel der Gäste am Tisch hinweg konnte ich damals die Stimme deines Vaters durch die Tür hören. »Aber sie haben das Dienstmädchen geschickt«, sagte er. »Das Dienstmädchen.« Seit diesem Tag hat er nie mehr an die Möglichkeit einer Versöhnung gedacht. Er nannte sie auch nicht mehr beim Namen. Wenn er die beiden meinte, sprach er von dem »Varietépärchen« und unterstrich, »ja, ja, der Clown und die Artistin«.

Drei Jahre lang hat er sich ganz auf dich geworfen, ich glaube aber, er tat das nun nicht voller Hoffnung oder Zärtlichkeit, sondern aus Groll. Er schenkte dir früh Stifte und Hefte und wiederholte, besonders seit dem Tag, als ihm die Beförderung im Unternehmen verweigert wurde: »Dieser Junge wird kein Esel wie sein Vater.« Er verlangte von dir, die Buchstaben zu erkennen, und war oft so grausam streng, daß es mir weh tat und dir nicht gut tun konnte. Er benutzte dich als Werkzeug seines Grolls, bis dieser ihn so sehr beherrschte, daß er sich gegen dich zu richten begann.

Der Umschwung kam, glaube ich, an dem Tag, als man uns Bescheid gab, man habe Großvater Juan erhängt im Patio gefunden. Es war, glaube ich, an dem Abend, beim Essen, da hörte ich ihn zum ersten Mal sagen, daß deine Geburt uns mehr Unglück als Glück gebracht habe. Aus seiner Hoffnung war Mißtrauen geworden.

Er vergaß dich. Er kam stets spät nach Hause und war fast immer betrunken. Du lagst dann schon im Bett, und wenn er morgens das Haus verließ, schliefst du noch. Nachts, wenn du geweint hast oder in unser Zimmer gekommen bist, hat er immer so getan, als sei er davon nicht aufgewacht. Ab und zu wiederholte er: »Dieser Junge hat uns das Unglück ins Haus gebracht.« Ich schalt ihn für diese Worte. Seine Augen wurden trübe. Ich sagte nichts mehr.

In meinem vierzigsten Lebensjahr war mir so, als könnte ich jetzt nur noch eiligst die Koffer packen. Großvater Juan und Großmutter María waren kurz hintereinander gestorben. Beim Begräbnis von Großmutter María kamen wir im Haus und später dann am Grab auf Tuchfühlung mit deinem Onkel und Isabel, sprachen aber nicht miteinander. Auch Tante Gloria sprach kaum ein paar Worte mit uns. Sie war die ganze Zeit bei ihnen und verließ den Friedhof, ohne sich von ihnen zu entfernen, sprang vom einen zum anderen wie ein Hund, der seinen Herrchen folgt. Am Nachmittag dann spazierten sie durch Misent. Wenn Tante Gloria ihren Antonio bei sich hatte, vergaß sie alle Traurigkeit. So war es auch, als sie hier nach Bovra kam und einen Platz zum Sterben suchte, der ihr verweigert wurde.

Dein Vater und ich verbrachten den Rest des Tages mit Onkel Andrés und anderen Verwandten. Gegen Abend sind wir mit dem Zug heimgefahren. Sie, Onkel Antonio und Isabel, waren mit dem Auto von Mullor gekommen.

In dieser Nacht wachte ich auf und entdeckte,

daß dein Vater nicht im Bett lag. Ich rief nach ihm, aber er antwortete nicht. Ich stand auf. Ich knipste die Lampe nicht an, denn es war Vollmond und alles war in ein weißes Licht getaucht. Auf dem Eßtisch erkannte ich eine Flasche Cognac und ein Glas. Ich glaubte, er hätte wieder getrunken und sich dann in den Stall gesetzt, betrunken. Was er nachts oft machte.

Im Stall war die Gegenwart des Mondes noch intensiver. Die Obstbäume und Pflanzen phosphoreszierten. Ich hüllte mich in den Schal. Es war kühl und roch nach Geißblatt. Auch dort war er nicht. Ich fürchtete, er sei zu dieser Nachtstunde unterwegs und es könne ihm etwas zustoßen. Er war schon ein paarmal vom Fahrrad gefallen, und ein andermal hatten ihn Paco und José mit blutverschmiertem Gesicht heimgebracht: Er hatte sich mit jemandem in der Bar geprügelt, ich erfuhr aber nie, mit wem und weshalb.

Auf dem Weg zurück in mein Zimmer trat ich in den Raum, in dem du schliefst. Dort, im Mondlicht, fiel vom Fußende des Bettes sein Schatten auf dich und machte alles schwarz.

*D*er Duft des Geißblatts. Ich spürte ihn an jenem Morgen von meinem Bett aus, während ich dachte, daß dein Vater sich von uns entfernt hatte und wir ihn nie wieder bei uns haben würden. Ich habe ihn nicht zurückholen können, wußte nicht, wie. Auch wenn sich jeden Abend sein Schlüssel im Schloß drehte, er uns manchmal anschrie und andere Male still weinte, er war für immer gegangen. Ich mußte heute morgen daran denken, weil ich wieder die ganze Nacht über diesen Duft gespürt habe, wie ein Vorzeichen, wie eine Erinnerung. Und da habe ich gedacht, daß ich dir diese Geschichte erzählen muß oder daß ich sie mir selbst durch dich erzählen muß.

In jener Nacht habe ich, glaube ich, nicht geweint: Ich war zu verzweifelt. Heute in den Morgenstunden aber, als ich diesen Duft spürte, habe ich geweint, obwohl ich nun wirklich nichts mehr erwarte. Nicht einmal die schwache Wärme verglimmender Glut. Er war damals von uns gegangen, doch sein Schatten bewegte sich noch jeden Tag unter uns.

Ich hörte ihn im Bad husten und das Geräusch

der Hähne, wenn Wasser aus ihnen quoll. Mich schrie er nicht einmal mehr an, drohte auch nicht und bat nicht um Verzeihung. Ich stand auf, machte Kaffee für ihn und richtete ihm etwas zum Essen für die Mittagspause. Er trank den Kaffee und nahm die Büchse mit dem Essen. Aber er sprach nicht mit mir: gerade einmal ein dünnes »Guten Morgen«, das konnte uns nicht zusammenführen.

Nur deine Schwester schien einen gewissen Einfluß auf ihn zu haben. Er ließ zu, daß sie ihn entkleidete und ihm dabei half, sich ins Bett zu legen; oder daß sie ihn nach Mitternacht aus dem Stall holte, ihm sagte, es sei spät und das Beste, was er tun könne, sei, schlafen zu gehen. Ich spürte, wie er neben mir ins Bett kroch, wie er im Traum stöhnte, wimmerte und klagte. Im Traum rief er noch nach uns, als seien auch wir gegangen. Er rief nach seiner Mutter, nach seiner Schwester Pepita, die schon so viele Jahre tot war, nach deiner Schwester und nach mir. Von Onkel Antonio sprach er nicht einmal im Traum.

*E*ines Nachts kam er nicht zum schlafen heim. Deine Schwester und ich lagen Stunde um Stunde wach und warteten. Gegen Morgen ließ ich dich in ihrer Obhut zurück und bin zu Paco gegangen. José und er hatten ihn zuletzt vor Mitternacht in einer Bar gesehen. Bei Tagesanbruch sind wir durch ganz Bovra gelaufen. Ich erinnere mich an jenen nebligen Morgen. Die engen und steilen Gassen, die nassen Pflastersteine der Plaza, die alten Schilder der Geschäfte, die Häuser, die nun schon vor Jahren abgerissen worden sind. Heute morgen ist das alles wie ein Alptraum an mir vorbeigezogen.

Paco hatte seine Frau gebeten, mir einen Kaffee zu machen, und als wir durch die Stadt liefen, die langsam aufwachte, war der Kaffee in mir zu einem bitteren Kloß geworden, der im Mageneingang aufquoll. Eine halbe Stunde, bevor seine Schicht am Bahndamm begann, sind wir heimgegangen, für den Fall, daß er zurückgekehrt war. Deine Schwester war im Eßzimmer eingeschlafen, sie hielt dich, der du ebenfalls schliefst, im Arm. Ich weiß nicht, ob du in der Nacht aufgewacht warst oder ob sie dich geholt hatte, um diese Stunden der Angst nicht allein aushalten zu müssen.

Wir sind wieder Richtung Bahnhof gelaufen, und da hatte ich schon die Gewißheit, daß ich ihn nicht lebendig wiedersehen würde. Die ersten Arbeiter kamen, ihre fernen Silhouetten hoben sich gegen den Nebel ab und gewannen, wenn sie dann an mir vorbeikamen, bestimmte Züge. Er kam nicht. Ich wollte nicht weinen, sie sollten das nicht sehen. Aber auf einmal bemerkte ich, daß mein Gesicht naß vor Tränen war, von denen ich nichts gemerkt hatte: nur daß alles noch verschwommener wirkte und der Nebel jetzt in mir war. Paco meinte, wir sollten heimgehen.

Am Abend haben sie ihn gefunden, auf einem dämmrigen Weg Richtung Sierra. Paco hatte die Guardia Civil alarmiert, und die hatte den ganzen Tag nach ihm gesucht. Er lag mit dem Rücken im Schlamm, wie ein Insekt, dessen Panzer so schwer ist, daß es sich nicht wieder aufrichten kann. Das Fahrrad lag daneben, und auf dem Fahrrad und auf seinem Körper bildeten weiße Schneeflecken sonderbare Figuren, Zeichen, niemand konnte sie deuten, doch sie waren da, eindeutig für denjenigen, der die Gabe besessen hätte, sie zu lesen.

Am späten Vormittag hatte der Schneeregen begonnen. Das Blut in seinen Mundwinkeln war schwarzgeronnen. Das muß mir José erzählt haben. Vielleicht habe ich auch mein Leben damit verbracht, es mir selbst zu erzählen. Im schwankenden Licht der Laterne die schwarzen Blutflecken, die weißen Schneeflecken. Er atmete noch. Man brachte ihn nach Valencia, drei Stunden später erreichte er das Hospital im Fieberdelirium des Blutsturzes und der Lungenentzündung. Auf der Suche nach einem Auto, das mich zum Hospital bringen könnte, lief ich stundenlang durch Bovra. Damals gab es hier nur ein Taxi, und das war in jener Nacht auf Fahrt.

Ich habe daran gedacht. Ich habe daran gedacht, an ihre Türe zu klopfen und sie zu bitten, mich in Mullors Wagen nach Valencia zu fahren; mir wurde aber klar, daß ich kein Recht dazu hatte. Meine Eile, dort hinzugelangen, um ihn noch bei Leben zu sehen, war mehr Selbstsucht als Liebe, schließlich war es sein Wille gewesen, sich zu entfernen. Ich sah die Fenster ihres Hauses und das Licht, das bis zum Morgengrauen durch die Fensterläden drang; ich sah Mullors nagelneues Auto mit dem schneebedeckten Kühler vor der Haustür geparkt. So gesehen, in jener eisigen Nacht, waren das Haus und das Auto, das Licht und die Wärme, die aus jenen Räumen fluteten, und das leichte Summen der Musik wie ein Traum: die andere Seite des Traumes, den uns das Kino so oft beschert hatte.

Als ich im Hospital ankam, dämmerte der Morgen. Sie ließen mich erst am späten Vormittag zu ihm, und dann habe ich mich auf das Bett geworfen, habe seine Hand genommen und habe ihn geküßt, doch sein Kopf fiel gegen meine Brust, und seine Hand hatte kaum noch Wärme. Er war wirklich nur noch ein Stück verglimmender Kohle und wurde mir in meinen Armen kalt, hart und fern. Er war gestorben.

Ich hatte kein Geld, um die Leiche nach Bovra zu überführen, so haben wir ihn in Valencia begraben, auf einem Friedhof nah dem Hospital, in einer Nische ohne Grabstein. Auf den Zement haben die Maurer ein altes Foto von ihm hinter Glas geklebt und mit einem Stichel seinen Namen eingeritzt. Tomás Císcar. 1908–1950. Nach einiger Zeit habe ich eine Marmorplatte angebracht, auf der sie sich allerdings im Datum geirrt und 1918 statt 1908 gemeißelt hatten, und später dann habe ich ihn hier nach Bovra geholt, an den Ort wo ich schon bald seine Gesellschaft suchen werde. Dein Onkel Antonio und Isabel haben mir eine Beileidskarte geschickt. Und was konnte man schon von Tante Gloria verlangen.

Die ganze Nacht über habe ich das Geißblatt gerochen. Ich roch es im Schlaf. Der Duft drang in mich ein, und ich spürte, wie er mein Gedächtnis anritzte, so wie der Stichel des Maurers den Zement mit seinem Namen aufgeritzt hatte: Tomás Císcar. Obwohl er bei deiner Geburt voller Hoffnungen war, wollte er nicht, daß wir dir seinen Namen geben. So haben wir dich Manuel genannt. Er ertrug den Gedanken nicht, daß seine Geschichte sich wiederholen könnte, und er fürchtete die Macht der Worte. So kam es, daß er dann ganz gegangen war. Ich rieche das Geißblatt von Orten her, wohin sein Duft nicht gelangen kann, und sehe die Häuser von Bovra, die nicht mehr existieren, und die Nische ohne Grabplatte. Die Kraft des Abwesenden.

Mit ihnen sprach ich nicht wieder, bis die Ärzte Tante Gloria erlaubten, das Hospital zu verlassen, nicht, weil sie geheilt gewesen wäre, sondern weil nichts mehr zu machen war. Ich habe mit ihr gesprochen. Sie suchte mich auf, als sie erfuhr, daß Gloria zu ihr ins Haus wollte. »Sie kann doch nicht ihre Agonie als Ausrede dafür benutzen, sich monatelang bei uns einzunisten und unser Leben durcheinanderzubringen«, sagte sie.

Sie kam, um mir zu sagen, daß Gloria dort nicht wohnen könne; man hinge ja von dem Geschäft ab und könne nicht zulassen, daß es bei den Kunden Gerede gäbe über eine Krebskranke im Haus (»Wer weiß schon, ob es nicht ansteckend ist?« sagte sie). Und beschied: »Sie soll nicht mal im Traum daran denken, daß sie bei uns ins Haus kommt.« Sie bot mir dafür, daß ich sie aufnahm, ein monatliches Wohngeld. Sie sagte: »Außerdem habe ich schließlich die Kleine.« Als ob es deine Schwester und dich nicht gäbe.

Ich weigerte mich, das Wohngeld anzunehmen. »Schlafen kostet nichts, und Gott sei Dank haben wir jetzt genug für einen zusätzlichen Teller Reis«, erwiderte ich. Und statt beleidigt zu sein, dankte sie mir.

Glorias letzte Monate waren fürchterlich. Sie suchte ihren Bruder und fand ihn nicht. Sie stieg mit einem karierten Köfferchen am Bahnhof aus und ging erst zu ihr statt zu mir und küßte sie. Aber Isabel hielt ihr nur die Wange hin und sagte: »Du wirst bei Ana wohnen. Bei uns kommen wegen des Geschäfts zu viele Besucher. Es ist zu aufreibend. Dort wirst du es ruhiger haben.« Da merkte sie, daß ihr Bruder nicht gekommen war, sie zu empfangen. Aber in diesem Augenblick dachte sie wohl noch, daß er mit einem Blumenstrauß oder so daheim auf sie warte.

Ihre Augen wurden feucht, aber sie weinte nicht. Eine trübe Flüssigkeit, wie Galle, war in ihnen. Sie fragte: »Und mein Bruder?« Sie fragte nicht, wo er sei. Ich glaube, sie meinte, ob ihr Bruder denn kein Wort für sie eingelegt hätte, ob es ihm nicht gelungen sei, für sie einzustehen und für sie einen Platz mitten in seinem Haus freizumachen, wie für eine Vase. Isabel sagte zu ihr: »Du kommst zum Essen zu uns, wenn wir nicht gerade anderweitige Verpflichtungen haben.«

Es dauerte fast ein Jahr lang. In den ersten Wochen versuchte sie mir vorzumachen, daß sie über ein Dienstmädchen verfügte und daß sie auf Tischtüchern aus Leinen aß. Später, als sie diese Komödie nicht fortführen konnte, brach sie zusammen. Sie weinte ganze Nachmittage lang, wenn sie mir erzählte, daß man ihr Teller, Glas, Besteck und Serviette abseits deckte, daß man sie deiner Kusine nicht nahekommen ließ und daß sie, wenn sich im letzten Augenblick ein Gast ansagte, allein in der Küche essen mußte. Ich behaupte nicht, daß sie das dem Tode näherbrachte, denn sie kam schon sterbenskrank an, aber zweifellos raubte es ihr jeden Wunsch weiterzuleben.

Eines Tages packte sie sehr früh am Morgen ihre Kleider zusammen. Als ich aufstand, saß sie schon im Eßzimmer, den Koffer neben sich. Sie bat: »Bring mich nach Misent, Ana.« Gloria kam wieder ins Hospital, und zwei Wochen später bekamen wir Bescheid, wir sollten ihre Leiche, ihre Flaschen, ihre Zigarettenschachteln und ihren Kleiderkoffer abholen. Ich sage Kleiderkoffer, denn als wir ihn öffneten, war darin nichts als ein paar Stoffe, ein paar Kleider und Waschzeug. Kein Detail, kein Erinnerungsstück, das sie an irgendwen oder irgendwas auf dieser Welt hätte binden können.

Dann war es, als hätten Gloria und dein Vater nach ihm gerufen und er hätte ihre Stimme vernommen. Ein paar Tage nach Glorias Begräbnis tauchte er plötzlich bei uns auf. Er bat mich um eine Erfrischung und saß schweigend da, in den Händen das Glas Zitronensaft, und sah mir beim Nähen zu. Ich dachte daran, daß ich ihm von eben dem Stuhl aus, auf dem ich jetzt saß und nähte, dabei zugesehen hatte, wie er seine wenigen Habseligkeiten an dem Tag zusammenpackte, als dein Vater ihm gesagt hatte, sie sollten ausziehen.

Kurz darauf kam er wieder. Es war Sommer, und er kam völlig verschwitzt an. Er sagte mir, er hätte einen Spaziergang über die Felder gemacht und wusch sich das Gesicht. Auch an diesem Tag bereitete ich ihm einen Zitronensaft, und er blieb zum Essen. Er kam, setzte sich in eine Ecke und rückte seinen Stuhl nach dem Gang der Sonne zurecht. Eines Tages fragte er nach José. Ich sagte ihm, daß er langsam erblinde und nicht mehr arbeite. Er ließ den Kopf auf die Brust sinken und murmelte: »Er wird mich also nicht mehr sehen können?«

Er kam fast täglich. Um sein Geschäft kümmerte er sich kaum. Sie trug die ganze Last, hielt die Geschäftsverbindungen aufrecht und führte die Bücher. Er vagabundierte durch die Straßen, kam und spielte mit dir oder tat gar nichts. Ganze Nachmittage irrte er über die Felder. Manchmal brachte er auf dem Rückweg Blumen mit oder Gemüse, das man ihm gegeben oder das er geklaut hatte. Öfter bat er darum, ich möge ihm aus dem frisch geernteten Gemüse einen Salat zubereiten. Den aß er so, als könne ihm der Geschmack etwas zurückgeben.

Nicht daß er sich zum Besseren gewandelt hätte, auch wenn ich ihn, wie er jetzt war, lieber mochte. Er tat mir auch leid. Er hatte sich in sich zurückgezogen. Das war alles, denn er sah, wie ich mich abmühte, um voranzukommen, wie viele Stunden ich nähen mußte, um für dich Essen und Kleidung heranzuschaffen, aber darum hat er sich nie gekümmert, hat nichts angeboten, nichts mitgebracht. Er suchte sich selbst und meinte wohl, daß er sich hier, in unserem Haus, finden könne, vielleicht weil es seine letzte Bezugsgröße gewesen war.

Als er krank wurde, ließ er mich rufen, und ich bin ihn mehrmals besuchen gegangen, bevor er starb. Er war nur kurze Zeit bettlägerig, ein paar Wochen lang. Er weigerte sich, zu essen und die Anweisungen des Arztes zu befolgen, schüchtern, aber störrisch. Deine Tante regte sich auf, und selbst ich schimpfte mit ihm, wenn ich dort war, wie mit einem kleinen Kind. Er lächelte, als würde er gerne gestraft, und sagte am Ende: »Aber wozu denn das alles?«

Am letzten Tag gab er mir einen kleinen Schlüssel und bat mich darum, die Schublade eines Eckschranks aus Mahagoni zu öffnen. In der Schublade lagen Papiere, Zeitungsausschnitte, Umschläge und Fotos. Als ich sie ihm ans Bett brachte, sprach er zum ersten Mal von den alten Zeiten, und mir ging jener erste Brief durch den Kopf, den er uns aus dem Gefängnis geschickt hatte. »Was waren das für schöne Zeiten, als wir alle zusammen waren und lachten und es uns nicht am Nötigsten fehlte«, erinnerte ich mich. Ich wußte, er würde bald gehen, und daß mir dann nichts mehr von dieser Vergangenheit blieb. Schatten.

In der Schublade verwahrte er die Briefe, die wir ihm ins Gefängnis geschickt hatten, das Papier, auf dem ihm das Todesurteil mitgeteilt wurde, die Benachrichtigung über die beschränkte Freiheit, Fotos von Freunden aus Misent und von der Familie. Er richtete sich im Bett auf, drehte die Schublade um und leerte sie auf dem Nachttisch. Der Boden war mit einem Blatt ausgelegt, das mit der Zeit vergilbt war. Er löste es mit den Fingerkuppen vom Holz und drehte es um, um mir zu zeigen, daß auf die Seite, die jahrelang verborgen geblieben war, mein Porträt gezeichnet war.

»Ich hab dich nah bei mir gehabt, nicht wahr?« sagte er. Und gab es mir.

Ich verbrannte es noch am selben Abend. Und während es loderte, hatte ich das Gefühl, daß dieses Feuer ihn mit allem versöhnte.

*I*ch weiß, daß sie dich am Abend nach der Beerdigung deines Onkels mit in das Zimmer hochgenommen hat, in dem er gestorben war, und dich um Verzeihung gebeten hat. »Ich habe deinen Eltern so weh getan«, sagte sie zu dir. Sie befürchtete wohl, daß der Tod sich für sie nicht auszahlen könnte, und so wurde sie einige Zeit lang zur Mystikerin, ging in die Kirche, empfing Priester bei sich und führte wohltätige Werke aus. Eine karge Wohltätigkeit, die ihr jedoch verdienstvoll erscheinen mußte, hatte sie doch immer gemeint, das Leben betrüge sie, gäbe ihr nicht, was ihr zustände. Ihre Wohltätigkeit bestand darin, ihre Stimme noch sanfter werden zu lassen und alte, nutzlose Kleidung und ein paar Münzen herzuschenken, was sie alles sorgsam und akkurat in ihre Tagebücher notierte, so wie sie stets über Heller und Pfennig buchführt. Ich weiß nicht, ob die Besuche, die sie mir damals abzustatten begann, zu einer dieser wohltätigen Kampagnen gehörten. Die Tatsache, daß sie zu mir kam, mußte ihr schon als ausreichend erscheinen, zu mehr fühlte sie sich nicht verpflichtet, denn als ich ihr sagte, daß du, obwohl es ein Opfer für mich bedeute, die Oberschule besuchen und dann etwas studieren solltest, erwiderte sie, wozu solch ein Opfer, ein Vierzehnjähriger könne als Maurerhilfskraft doch schon einen hübschen Lohn heimbringen.

Vielleicht hatte auch ich begonnen, mit so einem hartnäckigen Groll wie dein Vater auf dich zu setzen, und war von meinem Stolz getrieben. Ich erreichte, daß du Bovra verlassen konntest, daß du studieren konntest, und begann, dich zu verlieren. In den Ferien kamst du mit Freunden nach Hause, die uns fern waren, auch wenn der Lauf der Jahre uns alle etwas gleicher gemacht hatte und die schlechten Zeiten in der Erinnerung zurückgeblieben waren. Manchmal sah ich dich schreiben und erinnerte mich zu meinem Leidwesen an ihre Hefte. Ich dachte: »Eine schöne Schrift maskiert die Lügen.« Die sanften Worte. Sie hatte recht behalten. Jenseits ihres Weges blieb nur das, was sie in ihren Heften »Kleinlichkeit« und »dümmlichen Mangel an Ehrgeiz« nannte.

Ich dachte heute nacht daran, nachdem du und deine Frau gegangen wart. Ich dachte daran, während ich den Duft des Geißblatts spürte und sich all die Geschichten in meinen Kopf drängten. Der Duft brachte mir die Erinnerung an den verletzten Schatten deines Vaters, der auf deinen kindlichen Schlaf fiel, und an jene Zeichen, die der Schnee und das

Blut auf seinem sterbenden Körper hinterlassen hatten und die niemand lesen konnte.

Ich dachte, daß er immer ferner ist und daß der Tod uns nicht vereinen, sondern die endgültige Trennung sein wird, denn wenn auch ich gegangen bin, werden die Schatten sich noch mehr verwischen und das alte Leid wird noch sinnloser gewesen sein.

Die Vorstellung von diesem sinnlosen Leid überkam mich in dem Moment, als du und deine Frau die Haustür hinter euch geschlossen hattet und ich den Motor des Wagens anspringen hörte. Es ist nicht so, daß ich euch abspreche, recht zu haben. Schließlich und endlich, was soll ich hier, allein, in diesem Haus voller Lecks, mit Zimmern, die ich nur betrete, um sie zu putzen, bevölkert mit Erinnerungen, die mich (so sagt ihr) verfolgen, von denen ich aber weiß, daß sie auch meine Identität ausmachen.

Letzte Woche kam deine Kusine, gestern kamt ihr, deine Frau und du, heute ist Isabel angetreten. Deine Kusine brachte einen Strauß Rosen und küßte mich, ganz reizend. Sie schlug mir als erste vor, worum ihr mich gestern wieder gebeten habt: Ich solle das Haus verlassen. Ihr würdet es übernehmen, an seiner Stelle einen Wohnblock zu errichten, in dem ich eine bequeme und moderne Wohnung bekäme und dazu noch einige Mieteinnahmen. »Ihnen bleibt ein hübsches Zubrot, Tante«, sagte deine Kusine, »es ist doch jammerschade, daß dieses Grundstück so wenig genutzt wird.« Es schmerzte mich, daß sie von meinem Haus als von einem Grundstück sprach.

Gestern habt ihr das in etwa den gleichen Worten wiederholt, was mir Anlaß zu der Vermutung gab, daß ihr hinter meinem Rücken schon geraume Zeit über dieses Projekt sprecht. Deiner Kusine habe ich Nein gesagt, wider alle Vernunft, ich weiß schon. »Wenn ich sterbe, könnt ihr machen, was ihr wollt, davor aber nicht«, habe ich zu ihr gesagt. Und habe bekräftigt: »Ihr werdet nicht lange darauf warten müssen.«

Sie muß euch das erzählt haben. Deshalb nahm ich gestern keinen Augenblick lang an, daß ihr kamt, mir etwas erneut vorzutragen, wozu ihr meine Meinung schon kanntet. »Aber es ist doch für Sie, Tante, zu Ihrer Beruhigung«, hatte deine Kusine gesagt. Und gestern habt ihr beide es wiederholt. »Es ist doch nur zu deinem Besten, Mama«, hast du gesagt. Ich weiß immer noch nicht, wie ich es geschafft habe, nicht zu weinen oder euch rauszuschmeißen.

Nur sie, deine Tante, hat darauf verzichtet, über das Projekt zu sprechen, ich weiß nicht, ob aus einer Vorsicht heraus, die einem die Jahre geben, oder weil sie so fern von euren Plänen lebt wie ich bis gestern. Diesmal war es mir plötzlich so, als sei sie mir näher als du, und dieser Verdacht hat mir weh getan, und ich habe mich bemüht, ihn abzuwehren.

Letzte Nacht mußte ich an etwas denken, das dein Vater mir einmal erzählt hat, daß die Seeleute sich weigern, schwimmen zu lernen, weil sie so im Falle eines Schiffbruchs sofort ertrinken und ihnen keine Zeit bleibt zu leiden. Ich konnte nicht einschlafen. Bis zum Morgengrauen habe ich mich im Bett herumgewälzt. Ich konnte den Neid auf jene nicht unterdrücken, die gleich am Anfang gegangen sind, die nicht Zeit gehabt haben, unser aller Schicksal zu erleben. Weil ich durchgehalten habe, bin ich im Kampf müde geworden und habe erfahren müssen, daß die ganze Anstrengung umsonst war. Jetzt warte ich.

Das anspruchsvolle Programm

Rafael Chirbes

Wie auf einem riesigen Wandgemälde malt Rafael Chirbes das brillante Porträt der spanischen Gesellschaft während der Franco-Ära.

»Ein wunderbares Buch«
Elke Heidenreich

»Ein ganz wichtiges Buch, ein wichtiger Autor«
Marcel Reich-Ranicki, Literarisches Quartett

Der lange Marsch
62/77

DIANA-TASCHENBÜCHER

Der Roman einer außergewöhnlichen Freundschaft, die sogar den Tod überdauert, ein Buch über das Weiterleben, ein Buch der Erinnerung.

Robert Bober
Berg und Beck

Früher wohnten Joseph Berg und sein Freund Henri Beck in der selben Straße, besuchten die selbe Schule und hatten die selben Hobbys. Bis Henri Beck nach den Sommerferien des Jahres 1942 nicht mehr zurückkehrte: Seine Familie wurde im Zuge der großen Juden-Razzia in Paris verhaftet und deportiert.
184 Seiten, gebunden, DM 32,-

KUNSTMANN
www.kunstmann.de